Poids léger

OLIVIER ADAM

Poids léger

ÉDITIONS DE L'OLIVIER

ISBN 978.2.8236.2209.6

Pour Karine
et donc Juliette

Le deuil n'existe pas. On se souvient.
On se souviendra toujours de tout.
Dans les moindres détails.

BERTRAND BETSCH

I

Un coup de latte, un baiser
(Bashung)

Ce matin, j'ai couru comme presque chaque matin. À mon réveil, des gens se massaient sous l'abri et je les ai regardés, ils se pressaient sous le toit prune et les RER grinçaient plus qu'à l'accoutumée je crois. J'ai quitté l'appartement après la pluie et les trottoirs luisaient, le béton des quais était plus sombre. J'ai marché vers le parc, sur le pont du 11-Novembre on voyait le ciel anthracite et en bas la Seine grasse et boueuse. Plus loin le long du fleuve, cette autre ville où j'avais vécu un temps, où nous avions emménagé mon père mon frère ma sœur et moi, j'avais dix-sept ans à peine et maman était morte. Il y avait un jardin potager, une plaque de ciment blanc où l'on garait la voiture, mon père avait fixé au mur de la maison l'anneau rouge d'un panier de basket. Aujourd'hui le pavillon est désert, la pancarte à vendre pend sur le grillage rouillé, le jardin est envahi par les herbes hautes, les coquelicots, les orties. Mon père n'aurait pas supporté de voir ça dans cet état.

Mes foulées étaient lourdes et j'avais mal au cœur. La veille j'avais beaucoup bu, vraiment beaucoup. L'enterrement du jour, c'était un gamin et c'était insupportable et j'ai mordu mes joues à m'en faire mal. Je ne pouvais m'empêcher de fixer sa petite sœur, elle était si pâle, on aurait dit qu'elle allait disparaître, s'effacer ou s'évanouir, elle enfonçait ses mains dans ses poches, les grandes poches de son manteau d'hiver et j'ai vu qu'elle tremblait, emmitouflée dans son manteau d'hiver, un manteau noir alors qu'il faisait vingt degrés. Ses cheveux blonds encadraient son visage, son regard dur et fixe et absent, et elle avait cette manière de se balancer d'un pied sur l'autre, les dents serrées, les mâchoires contractées. Elle devait avoir une dizaine d'années. À un moment j'ai cru qu'elle allait hurler mais non, elle a ouvert la bouche, juste ça cet air d'effroi et son visage livide et presque vert. Elle est restée immobile, ses parents ne la voyaient pas, ses parents ils étaient incapables de voir quoi que ce soit, ils tenaient tout juste debout, vraiment à peine.

Les collègues, eux, y allaient de leurs blagues habituelles, parlaient du match de la veille, semblaient ne porter aucune attention à ce qui se tramait là, non, pas plus d'attention qu'à un téléfilm. La boîte était incroyablement légère et j'ai poussé trop fort, habitué au poids des cercueils d'adultes. Les autres m'ont regardé hilares. Jacques a vu que je tirais la gueule, il a dit c'est rien petit, c'est le métier qui rentre.

J'ai longé l'étang, la surface de l'eau était couverte d'un ruban de brume, des canards gueulaient, j'ai essayé de décontracter mes épaules et mes bras. Il ne fallait pas que je pense à ces conneries, surtout pas, la gamine, son regard vide et absent et si triste et comment elle fixait le cercueil. À un moment je me suis approché, j'ai tendu ma rose, toujours on me confie ça, tendre les roses aux proches en file indienne, certains ne me regardent pas, regardent à peine la fleur, la prennent et se piquent, je me suis approché, elle était blonde et me bouleversait. Elle a tendu sa main, a pris la rose et l'a laissée tomber par terre. Quelques pétales se détachaient sur la poussière.

Un type a pris ma foulée et je déteste ça. J'entendais son souffle rauque, j'ai jeté un œil en arrière, il avait des pompes neuves et salies par la boue. J'ai accéléré, mes muscles étaient chauds et déliés, j'étais dans le rythme, le sang affluait, je le sentais m'irriguer régulièrement et en douceur. Le type a essayé de me suivre, s'est porté à mon niveau quelques minutes puis s'est laissé décramponner. J'ai couru une bonne heure, j'aurais pu ne jamais m'arrêter. Quand je suis rentré chez moi, il pleuvait à nouveau. Je me suis affalé dans le fauteuil indonésien, un fauteuil large dont mon chat avait lacéré les coussins de cuir orange, et j'ai fixé le masque africain sur le mur d'en face. Le bois sombre était fendu en amandes régulières au niveau des yeux, les pommettes incroyablement saillantes, le bas du visage prolongé de longs filaments noirs. J'avais les jambes lourdes et le corps tout entier et la tête vide et qui tournait. C'était comme un vertige léger et nauséeux, j'ai bu deux bières, je me suis endormi avec sous les paupières les visages confondus de ma sœur et de cette petite fille qui venait de perdre son frère, qui fixait emmitouflée dans son manteau noir le cercueil bientôt recouvert de terre, bientôt disparu, bientôt tout au fond de la terre, bientôt oublié.

Je suis arrivé en retard, Chef a tout de suite vu que j'avais la gueule de bois. Je l'ai vanné un peu à cause de son survêtement brillant, ça ne l'a pas fait rire il m'a engueulé, m'a rappelé que le combat était dans trois jours, c'était pas le moment de déconner. J'avais mal au ventre, cette fille elle avait dix ans pas plus et son frère était dans un cercueil et elle se balançait d'un pied sur l'autre et je me disais que, quoi qu'on fasse et quoi qu'on dise, quelque chose en elle était détruit que jamais rien ne réparerait. Chef m'a dit de passer vingt minutes aux sacs, je n'aimais pas ça et il le savait.

J'ai traversé la salle, deux gamins s'agitaient sur le ring, les gants rouges leur faisaient des boules énormes au bout de leurs bras, ils avaient le torse creusé et mat, leurs visages étaient cachés par les casques de protection dont le cuir usé laissait apparaître la mousse. Ils n'avaient pas de jambes, se contentaient d'envoyer des crochets et ça finissait toujours au corps à corps à se marteler le foie et à s'étreindre bizarrement.

J'ai bandé mes mains, enfilé mes gants. Je me suis dirigé vers les sacs, un type frappait déjà, il y allait à mains nues, il disait qu'il préférait comme ça, qu'il sentait mieux, que sinon les choses étaient faussées, amorties. Chaque frappe rendait mes poings et mes bras plus douloureux, l'impact semblait se répercuter à l'infini, ébranlait la moindre parcelle de mon corps, me secouait jusqu'à menacer mes os de rompre. J'étais lent, je ne sentais rien et c'était presque douloureux, comme de serrer les dents sur du vide. Chef s'est pointé et m'a dit qu'aujourd'hui ce n'était pas la peine de monter, que j'étais bon à rien, que, vu mon état, un gamin de dix ans me foutrait une branlée. Je lui ai dit d'aller se faire voir et je me suis barré dans les vestiaires. Ça puait la sueur, un type se douchait en passant très lentement un savon ovale sur sa poitrine puis sur son ventre. J'ai vomi aux toilettes, je savais qu'après ça irait mieux, que je serais débarrassé de cette chose molle et de ce voile qui m'empêchaient de sentir le sac, mes mains, l'air et le mouvement. J'y suis retourné.

J'avais toujours les jambes liquides et mon estomac brûlait mais j'ai fini par trouver un peu de vitesse. Les enchaînements sont devenus secs, nerveux, précis, comme j'aime. Chef me regardait en coin, au bout d'un moment il m'a demandé d'approcher. J'ai traversé la salle, les projecteurs rectangulaires grillaient des insectes en émettant de grésillements. Il m'a dit bon on va travailler un peu ta garde. Il m'a flanqué une boule de nerfs qui bougeait dans tous les sens. Chef m'a dit voilà la règle du jeu : tu défends et t'esquives, point barre.

Le gamin devait avoir seize ans, pas plus. Il s'appelait Karim. Je le connaissais de vue, Chef le tenait pour un des plus sûrs espoirs du club. Il s'est mis à me tourner autour et à décocher des petites droites, il avançait et je pouvais rien faire contre ça, je devais rester concentré et anticiper tous ses coups, ses poings heurtaient mes gants et parfois mes avant-bras. J'ai tenu un round sans qu'il parvienne à me toucher. Chef m'a dit que je me débrouillais pas mal pour une épave.

La peinture sur les murs se détache. Je fixe les craquelures, les failles et leur sinuosité. Le plâtre à nu au-dessus du matelas. Par terre, sur le parquet usé par endroits, ça forme des hexagones irréguliers, blancs d'un côté et gris de l'autre. J'ai du soufre dans le ventre. J'ai besoin de boire un truc frais, une bière ou autre chose. C'est la nuit, les derniers voyageurs sortent des trains et je contemple les voies emmêlées, l'alignement des poteaux et des fils électriques.

Après l'entraînement, j'ai marché dans le soir tombant. La gare grouillait à cette heure et je me suis endormi. En grinçant le RER m'a réveillé, j'ai gardé longtemps la sensation d'humide et de froid de ma joue contre la vitre sale. Quand je suis arrivé chez moi il faisait nuit et les voitures passaient en file indienne. J'entendais le bruit des moteurs, celui des roues dans les flaques.

Dans le réfrigérateur, j'inspecte les dates de péremption sur les emballages plastifiés. Il n'y a plus rien à manger mais je n'ai pas faim. Je suis fatigué et je voudrais occuper ma bouche et mes mains et mon corps. Sur la commode est posé un porte-photos dont les branches s'étendent en soleil. Si j'enlève un cliché, tout se met à tourner. Je regarde ma sœur, son sourire lumineux. Le muret et le vélo devant, le chat plus loin. Le bourdonnement des abeilles et le parfum des fleurs, la poussière du chemin et les graviers où l'on s'écorche les genoux. C'était avant. Avant le pavillon. C'était la maison de pierres épaisses, la tonnelle et les rosiers grimpants, les vieux meubles en bois et la tomette au sol, la chambre étroite et fraîche que nous partagions ma sœur, mon frère et moi, les heures passées près de la rivière, les pieds tordus sur les galets. On aimait bien marcher la nuit. Là-haut c'était criblé d'étoiles et je touchais du bout des doigts le figuier, je frottais une feuille dans le creux de ma main et l'odeur s'inscrivait là. Ma sœur reniflait ma paume et souriait. On prenait les vélos elle avait un peu peur, ne voulait pas l'avouer, il y avait le défilé des lumières aux fenêtres et les phares et les lampadaires par-dessus la nationale, bordée par les grands arbres, coincée entre la roche et l'eau, la sensation de vitesse accrue par la nuit, le bruit des pneus accrochant le bitume, le cliquetis de la chaîne sur le silence, la couleur étrange que prenaient les platanes sur la place et le sable pâle. On longeait la rivière et son grondement emplissait tout. On fumait des cigarettes, elle posait sa tête sur mes genoux.

Je décroche le téléphone, compose le numéro. Bonsoir c'est Antoine. Je ne te dérange pas. Non, rien. J'appelais comme ça. J'entends une voix, je la reconnais, c'est le type qu'elle fréquente depuis quelque temps, je ne sais pas exactement, elle ne m'en a pas trop parlé, un jour j'ai appelé et il a répondu, je me suis dit que sûrement ils devaient vivre à moitié ensemble mais je ne sais pas, ce genre de trucs, je préfère ne pas savoir, je ne lui ai jamais posé de questions.

– C'est qui ?

– C'est rien, c'est Antoine.

– Dis-lui qu'on mange.

J'ai raccroché, j'ai dit bon appétit, petite sœur, j'ai dit pardonne-moi, je voulais pas te déranger, j'ai dit je t'aime petite sœur. Elle a répondu moi aussi frangin et dans cette dernière phrase, un instant j'ai retrouvé cette voix ancienne et intacte, cette voix, celle de ma petite sœur un peu téméraire un peu peureuse, assez sage et plutôt folle. On passait des journées à chasser les insectes sous le soleil cru. Il y avait la rivière où on se baignait. Elle était terrorisée depuis qu'on lui avait parlé des serpents. Le chemin, escarpé et raide, dissuadait les familles. On s'installait sur un large rocher qui dominait un bassin plus profond, à l'eau plus franchement émeraude. Je plongeais de là et elle m'imitait, exécutant toutes sortes de figures inventées. Puis on faisait les lézards, les yeux fermés face au soleil qui nous cuisait la peau.

C'était l'orage et nous étions loin, elle m'a dit qu'il ne fallait pas rester sous les arbres et plusieurs fois sur le chemin qui remontait vers la route nous avons glissé et nos genoux étaient souillés de boue, je connaissais cette grotte, on s'y planquait petits, ça faisait des années qu'on n'y était pas retournés et la terre était gonflée. À l'entrée de l'abri la pluie redoublait, elle avait froid nous nous sommes serrés, elle a ôté ses vêtements, elle me regardait fixement je lui ai demandé ce qu'elle avait à me regarder comme ça, elle sentait la mûre et les feuilles de cassis, ses cheveux ruisselaient, elle n'a pas répondu ne répondait pas, détournait les yeux a décollé une mèche de mon front, elle avait des taches de rousseur et son nez était un peu relevé et je n'oublierai jamais ce regard-là que je ne connaissais pas et qui m'a transpercé et la douceur de sa peau sous ma main, le souffle qui sortait vaporeux de ses lèvres très fines, sa bouche qui happait mon regard et en occupait le champ, les mots qu'elle chantonnait de sa voix enrouée et enfantine.

Tous ces trucs, c'est pas la peine. Faut pas chercher, ça revient tout seul et y a rien à comprendre. J'allume la télé pour m'endormir.

Je fume assis sur les marches de l'église. C'est un bâtiment laid et cubique, à l'angle d'un boulevard et d'une nationale. À l'intérieur, le cérémonial semble réglé comme une mécanique. Au funérarium j'ai croisé un type, c'était le fils et il a trébuché en s'approchant du corps, s'est accroché à ma veste et m'a dévisagé. Il m'a dit je m'en vais, c'est trop dur je pourrai pas. Sans doute il attendait que je lui réponde quelque chose, que je l'empêche de partir, que je lui débite des trucs sur le travail de deuil, la nécessité de se recueillir tous ensemble. Je l'ai regardé s'éloigner en titubant. Mon père était mort trois mois plus tôt et moi non plus je n'en menais pas large.

À son enterrement j'étais saoul. J'avais vidé consciencieusement mes bouteilles, je savais que sinon je n'irais pas. Quand je suis arrivé, mon frangin m'a lancé son regard de frère aîné, un regard hautain et réprobateur, je suis allé lui faire la bise. Il était droit comme un piquet, sec comme un coup de trique. Il m'a dit d'arrêter de pleurer. Il m'a dit ça comme on donne un ordre. Je lui ai craché à la gueule. Il s'est jeté sur moi. Il était rouge poivron. Je lui ai tiré les cheveux, j'aurais pu lui aligner deux droites, j'aurais pu mais c'était mon frère, alors on s'est battus comme des chiffonniers en s'attrapant le visage et les vêtements. Sa femme l'a rappelé, l'a sifflé. Il s'est reculé, il a tiré sur son costume, épousseté sa veste. Je me suis dirigé vers l'église. Tout le monde me regardait.

La dernière fois que j'ai vu mon père, c'était à l'hôpital, on avait demandé rendez-vous mon frère, ma sœur et moi et le médecin avait dit voilà c'est le début de la fin, cette fois-ci c'est le début de la fin, bien sûr il y aura encore les rayons et d'autres choses mais ça va juste le prolonger, il va s'en aller doucement, à petit feu, perdre ses forces. J'ai respiré profondément et on est entrés dans la chambre, mon frère, ma sœur et moi. Mon père dormait, ses cheveux étaient des filaments collés par la sueur sur son crâne taché. Il flottait dans son pyjama bleu, j'ai voulu toucher son épaule, je n'ai senti que des os. Il dormait paisiblement. Après ça je ne suis plus venu. C'était devenu trop difficile, déjà la fois d'avant il ne m'avait pas reconnu, et puis si, il se rappelait, il m'avait appelé Jean, m'avait dit c'est gentil d'être venu. Jean, c'était le prénom de son frère, il était mort à quarante ans et je lui ressemblais, le nez cassé et les pommettes saillantes, les yeux très clairs aussi et la fatigue et la tristesse qui me faisaient un visage de mort. Voilà. C'était ça la dernière fois.

Le cimetière s'étire le long de la nationale, une vingtaine d'hommes et de femmes hagards se succèdent devant le trou où ils jettent la rose que je leur ai tendue. C'est bientôt la fin. Je connais bien ce cimetière, mon père y repose, j'ai acheté des freesias et j'ai déposé le bouquet sur leur tombe. Elle est cachée là-bas au pied d'un sapin tout rongé dont le vert vire au jaune. Je regarde le nom sur le marbre. Machinalement, je caresse la pierre lisse. J'allume une cigarette, je regarde le nom gravé là et je sais bien que là-dedans il y a une seule tombe, je sais bien que maman est enterrée ailleurs, mais je ne peux pas m'empêcher de les imaginer serrés l'un contre l'autre, ma mère un peu tournée vers mon père, son visage à elle dans le creux de son épaule à lui, ainsi que je les avais vus des milliers de fois, les week-ends, les après-midi, lorsqu'ils faisaient la sieste et que le soleil se faufilait entre les deux rideaux tirés et dessinait un trait de lumière diagonal sur la couverture.

André m'appelle. Faut finir le boulot, Antoine, faut reboucher, maintenant. Je regarde les gens s'éloigner, je me dis c'est bientôt fini. Je me dis bientôt je ne serai plus qu'un corps qui frappe, j'aurai chaud et les coups s'enchaîneront. Je serai bien. Je m'approche de la fosse et toujours un vertige me prend à la vue des cercueils au fond et des premières pelletées de terre qui recouvrent peu à peu le bois vernis. Une main saisit mon épaule, « Attendez, s'il vous plaît, un instant », c'est le type de ce matin, c'est le fils, j'arrête de reboucher et les autres continuent je leur dis « Stop les gars, attendez un moment » et on est tous les quatre là à contempler ce type qui fixe en tremblant le bois que recouvre presque entièrement la terre. Il est pâle et on croirait qu'il cherche à comprendre, là, en regardant le cercueil enfoui, on croirait qu'il essaie de comprendre ce que tout cela signifie. J'aimerais lui dire quelque chose mais il n'y a rien à dire, il se met à pleuvoir, un crachin très doux qui mouille ma chemise et je sors de ma veste une flasque de Ballantines, j'en bois une gorgée et je la lui tends, il la saisit et avale avec difficulté, ainsi qu'on ravale ses larmes, la gorge irritée. Il s'éloigne et André me dit : « Bizarre, ce type. » Je ne réponds pas, j'enfonce ma pelle dans le tas de terre.

Il pleut sur la gare d'Austerlitz et c'est la nuit, je cours à foulées régulières, pour chauffer les jambes. La salle est en retrait des tours, dans un vieux cube de tôle aux poutres rouillées. L'air y est glacé, des nuages de vapeur s'échappent de mes lèvres et ça résonne comme dans une église. L'eau qui dégoutte du toit assombrit le ciment par endroits, ça coule le long des poutres rouges, ça vient sans doute de la verrière couverte de mousse, de feuilles et d'autres choses.

Chef est là, avec son survêtement, son crâne dégarni, son bonnet, sa clope au bec. Je dis bonsoir à Hélène. Au bout de la salle, assise derrière un bureau réservé à l'administration du club, elle écrase un mégot dans un verre et me répond d'un clin d'œil. Elle porte un bandeau dans ses cheveux teints. Elle a l'air fatigué.

Chef me gueule dessus, il croit qu'il m'encourage. J'ai un peu froid et le type en face pèse au moins vingt kilos de plus que moi, il se déplace lentement mais je sais qu'un seul de ses coups me mettrait par terre. Je bouge un peu, ça va, je suis bien, je tourne autour de lui à pas nerveux, je lance quelques directs très rapides, plusieurs fois j'effleure son visage, je tente un crochet, je le touche, à peine mais je le touche, j'entends la voix de Chef, il m'encourage, il gueule des conneries et moi j'enchaîne, direct au ventre, crochet du droit, ça y est, je n'ai plus froid, je vois son corps et les lumières du gros projecteur, il protège son visage avec ses gants, je martèle son ventre, Hélène est près de Chef, je vois les lumières, elle lui fait signer un papier, le type tente deux trois directs, j'esquive, je recule, je veux pas qu'il me chope au corps, Chef hurle, « Putain Antoine mais qu'est-ce que tu glandes, tu boxes ou tu danses », mes muscles sont chauds mes jambes bien en rythme, j'aligne une droite puis une gauche, le type recule, j'envoie deux gauches très rapides, il recule à nouveau, je finis par un uppercut du droit et tout s'enchaîne et le type chancelle. Chef siffle. Tout s'arrête.

– C'est bon pour aujourd'hui, Antoine, va au sac et te fatigue pas.

J'enlève mes gants, je garde les bandes, Karim est là, il me salue d'un hochement de tête et continue de frapper. Je l'imite quelques minutes et puis j'en ai marre. Dans le bureau de Chef, je prends une bière dans le frigo. Son casier est entrouvert, son gros sac rouge est à l'intérieur et dans la rainure de la porte grise sont glissées des photographies de ses enfants. Le plus grand ouvre la bouche, comme en plein éclat de rire ou au milieu d'une grimace. Il lui manque plusieurs dents. La plus jeune aussi, qui sourit en découvrant plusieurs petits trous noirs.

Le bureau de Chef est en désordre. S'y amoncellent des catalogues et des factures, des listes de noms et des magazines. Sur la porte d'entrée, un écriteau indique qu'il s'agit d'un lieu privé. Sur un rectangle doré est dessinée une cigarette barrée. Dans son sac je trouve un paquet de Gauloises, j'en prends une, le cendrier est plein. Son portefeuille est en cuir noir et presque neuf, j'en tire son permis de conduire, les trois volets sont attachés avec du scotch jauni et sur la photo, Chef sourit, on le reconnaît à peine, ses cheveux clairsemés sur le haut du crâne et trop longs dans la nuque, il doit avoir vingt-cinq ans sur ce cliché.

– Te gêne pas, surtout.

Chef tire son sac du casier, le referme bruyamment, me dit qu'il va pisser et qu'après on y va.

De l'autre côté de la vitre embuée défilent des filaments de lumière orangée. Les feux sont des ronds aux contours troubles et liquides. À l'intérieur il fait chaud, ça gueule dans tous les coins, je finis ma soupe, quelques champignons noirs flottent parmi les vermicelles. L'air est tiède et moite, j'aime cette odeur de vapeur et de soja. Nous sommes les seuls Blancs ici, en lisière du treizième arrondissement, personne ne parle français, c'est un tapis sonore infini, j'aime me fondre là-dedans. On s'apostrophe d'une table à l'autre, des engueulades montent qui parfois semblent tourner en pugilat et s'arrêtent net. Je regarde autour de moi les miroirs embués, les plantes grasses au milieu desquelles sourient des bouddhas de bronze aux ventres énormes.

Chef retire son bonnet et commande des nouilles sautées aux légumes.

– Vous avez l'air fatigué, Chef.

– Arrête tes conneries, Antoine.

Il déteste que je le vouvoie et que je l'appelle Chef. La serveuse se faufile entre les clients, pose le plateau sur la table. Sa peau est pâle et je fixe ses jambes. Chef me dit qu'il vaudrait mieux que je ne travaille pas samedi, il dit que c'est pas bon de travailler un jour de combat. Il vaudrait mieux que je me réveille tranquillement, que j'avale une plâtrée de pâtes et que j'aille courir un peu. Après : une douche et repos jusqu'au soir. Je le regarde manger en me donnant ses conseils. Je me demande ce qu'il fout là. Je veux dire ce qu'il fout ici à cette heure, après l'entraînement, après son boulot. Je n'ose pas lui demander. Il s'interrompt et me regarde bizarrement.

– T'as quand même un foutu métier, Antoine.

– Ouais Chef, mais ça va. Comme disent les collègues, le métier rentre. Je me durcis.

– Je sais pas comment tu fais.

– Je fais, Chef. Je fais comme je peux. C'est pas brillant mais je tiens bon. Et puis je vais chercher un autre boulot.

– Tu sais Antoine, je me souviens d'un truc. À l'enterrement de mon frangin, je sais pas mais les types qui faisaient le boulot que tu te tapes aujourd'hui, j'avais la haine contre eux. Vers la fin, on s'attardait autour du trou et y a un de ces cons qui a dit qu'il fallait se magner, qu'il allait rater le match. Sûrement il déconnait mais moi j'ai rien calculé je lui ai collé une droite il est allé valser. Il s'est vautré ce con, le crâne contre une tombe. Il a porté plainte, j'ai raqué dix mille balles. Qu'est-ce t'aurais fait à ma place ?

– J'aurais fait pareil, Chef. Bien sûr j'aurais fait pareil. Aujourd'hui c'était le fils. Au cimetière il me fixait, on aurait dit que c'était moi qui l'avais descendu le vieux. Tu sais Chef, je vais pas pouvoir continuer ces conneries longtemps. Un jour je vais péter un câble. Faudra pas t'étonner.

Je déteste l'odeur du petit matin, les stations défilent et j'ai laissé passer la mienne, je m'en aperçois seulement maintenant. Ce n'est pas très grave, personne ne m'attend. Hier soir nous sommes restés tard dans le restaurant, des Chinois jouaient au mah-jong, buvaient bière sur bière et hurlaient dans tous les sens. Chef m'a proposé de dormir chez lui. Son appartement n'est pas loin, perché au vingt-septième étage d'une tour. Quand on est arrivés tout était allumé et il y avait le son du téléviseur, un téléfilm ou quelque chose dans le genre, et les enfants dormaient tête-bêche sur le canapé. Sur la table basse, les restes de leur dîner étaient un incroyable foutoir empilé sur un plateau Winnie l'Ourson, du ketchup avait coulé. Chef a touché l'épaule du grand, le gamin s'est levé en bâillant, a frotté ses yeux, et s'est dirigé vers sa chambre. En soulevant la petite, Chef a fait une grimace et m'a dit dans un murmure rauque « qu'elle est lourde, putain ». La gamine a marmonné « maman » puis s'est collée le pouce dans la bouche. Chef la tenait comme un sac à patates, jetée sur son épaule droite. Il a disparu dans le couloir, l'a déposée dans son lit.

– T'as besoin de rien, Antoine ?

– T'inquiète, Chef, je sais où sont les bières.

– Essaie de dormir, petit. Oublie pas le combat.

– Je pense qu'à ça. T'as quoi comme cassettes ?

– *Rocky I, Rocky II, Rocky III, Rocky IV, Raging Bull.*

– Tu sais quoi, Chef ?
– Non, dis voir.
– T'es trop con.
– Bonne nuit, Antoine.
– Nuit, Chef.
J'ai entendu grincer la porte de sa chambre et bientôt ses ronflements.

Je descends du train et mon tee-shirt est encore humide. Le mien puait la sueur, je n'avais pas de quoi me changer, Chef en a tiré un de sa machine à laver en disant qu'au moins celui-là sentait le propre. J'ai mal dormi, passé pas mal de temps dans le salon à la fenêtre à contempler les lumières dans la nuit. Des poussières tournaient sous les lampes. À un moment, je suis entré dans la chambre des enfants et ils dormaient. La petite suçait son pouce. J'ai pris une bande dessinée dans la bibliothèque. Assis dans le fauteuil en cuir, j'ai ouvert le livre et les premières pages étaient entièrement gribouillées. Des cercles irréguliers au feutre orange qu'avait dû tracer la petite. Le grand s'était contenté de rajouter des moustaches à tous les personnages, femmes et animaux compris.

Le chat vient se frotter contre mes jambes en miaulant. Je lui donne à manger. J'aperçois le cerisier dans le jardin d'à côté, l'enchevêtrement des voies ferrées. J'entends la voiture, le voisin pousse la grille, il ne rentre pas tout de suite, fume d'abord une cigarette. Il tient ses chaussures dans la main gauche, a glissé ses chaussettes à l'intérieur, relevé ses pantalons au-dessus des mollets. Il me fait penser à mon père. Il doit avoir cinquante-cinq ans, il est maigre et son visage est sec, ses cheveux gris coiffés en arrière.

Je me souviens de sa voix ce jour-là. Je lui ai demandé si ça allait. Il a répondu on fait aller Tonio, on fait aller et puis m'a demandé : Et toi, ça va ? J'avais le téléphone collé entre l'oreille et l'épaule, la nuit tombait, mon père avait la voix pâteuse, je l'imaginais debout dans le salon, les lumières éteintes et l'arbre qui se balançait dans l'encadrement de la fenêtre, je lui ai demandé si je ne l'avais pas réveillé, il m'a répondu que si, mais que ça n'avait pas d'importance. Et puis il y a eu comme toujours un silence. J'ai regardé dehors les rails et leurs croisements. Sur le quai B, une femme fumait, elle attendait le train pour Paris. Mon père a toussé un peu, je lui ai demandé s'il était malade. Il m'a parlé d'une fuite qu'il avait réparée, des rosiers qui prenaient bien. Puis à nouveau il s'est tu. J'entendais sa respiration au bout du fil et en fermant les yeux, je pouvais le voir, un peu voûté, la colonne vertébrale apparente sous l'étoffe bleu nuit de sa veste, il descend l'escalier et ses cheveux sont encore humides, maman l'embrasse et il s'assoit deux minutes, trempe un morceau de pain dans le café qu'il boit très noir, j'ai huit ou dix ans et mon père dans le matin embrasse mon front et claque la porte. J'ai huit ou dix ans. Il me laisse avec maman, mon frère et ma sœur dans la maison trop silencieuse, petite et rangée. Il y a après son départ pour le boulot un temps creux et vide, un bégaiement des choses, une hésitation. Ma sœur et moi, on se précipite à la fenêtre de devant, celle qui donne sur la route. On lui fait signe. Il se retourne, nous voit agiter la main et répond. Il se penche sur le bas-côté pour ramasser une herbe qu'il coince entre ses dents. On ne le voit pas mais on sait qu'il ouvre la porte de sa voiture, garée derrière le talus. Il mâche une feuille de menthe, salue le voisin qui épluche les patates assis sous le toit de sa galerie. C'est un vieux type au sourire édenté, à l'accent si prononcé que même nous qui sommes d'ici ne comprenons pas la moitié des mots qu'il prononce. C'est un vieux type et on s'en fout. Qui peut bien s'intéresser à ces conneries ? Chaque soir en entrant papa pose son journal sur le buffet de l'entrée. Ses vêtements sont tachés, ses cheveux couverts de poussière. On ne l'entend pas arriver, il nous embrasse, passe ses doigts crevassés sur la joue de ma sœur, ramène une mèche échappée de sa barrette en plastique derrière son oreille gauche et pose sur les lèvres de ma mère un baiser furtif. Après s'être changé, il nous rejoint dans le salon, nous frotte vigoureusement le crâne en prétendant nous faire un shampoing. Il ne prononce pas le moindre mot, dans ses yeux passe un sourire fatigué. On regarde la télévision en mangeant. On doit monter dans la chambre avant dix heures, sauf mon frère qui a la permission de minuit. Dans l'escalier puis dans la chambre, on écoute les dialogues se poursuivre. On retient nos respirations pour faire le moins de bruit possible. Souvent on explose de rire et notre père gueule « Alors vous dormez pas encore ? », nous menace de monter s'occuper de nos oreilles. Qu'est-ce que ça peut bien foutre. On vit là et c'est tout.

Au bout du fil mon père a toussé à nouveau. Puis il a articulé : Tonio, j'ai un cancer. Le train pour Paris est arrivé. C'était un vieux RER argenté. La femme a jeté sa cigarette. Elle est montée et s'est installée. Sa tête s'est collée à la vitre. Qu'est-ce que ça peut bien foutre tout ça ? Il est mort.

J'enfile un survêtement. Il pleut et plusieurs fois je pose mon pied droit dans une flaque. Le pont enjambe la Seine, je cours sur le trottoir étroit, le bas de mon pantalon est sale et trempé. Le fleuve est jaune, sa surface semble plastifiée, une péniche y transporte d'énormes quantités de sable. Dans l'escalier étroit des feuilles mortes s'accumulent, je fais gaffe je le connais, il glisse à la moindre ondée. Les pelouses sont désertes, l'étang lisse et épais, la pluie cingle mon visage. Un vieux marche à pas lents, je le dépasse, il mâchonne un mégot et son chien le précède. Je longe une étendue trouée de terre, l'averse redouble et je suis trempé. Je traverse un terrain de football où trois gamins jouent sous la pluie, les voitures filent et éclaboussent le trottoir.

Le sol est couvert de mégots, de sciure et de papiers blancs. La patronne m'embrasse et je m'installe près des vitres. Elle pose sur la table un double café et un verre de calva, passe sa main dans mes cheveux trempés, me dit que je vais prendre froid. J'alterne les gorgées d'alcool et de café, tout se mélange et je sens glisser la brûlure dans mes veines et le long de mes membres. La patronne me ressert un verre de calva, elle dit c'est pour moi. Nous sommes seuls dans le café et son regard à elle fixe la buée sur les vitres et les traînées grises et jaunes des voitures rares et feux ouverts. À la radio s'achève une chanson, un comédien célèbre vante les mérites d'une banque quelconque, je crois que c'est François Cluzet mais je ne suis pas sûr de le reconnaître, de toute façon je m'en fous, de toute façon je pense à autre chose.

Le ciel dans la nuit se dégage au-dessus des voies ferrées. Les quais sont déserts et les trains ne s'arrêtent pour personne. Bientôt tout cessera et je pourrai dormir. Les nuages sont des traînées gris perle ou gris souris, plus rarement charbonneuses, parfois étrangement blanches lorsque la lune est pleine. C'est le cas ce soir et le ciel est presque bleu. Je me déshabille, j'allume une cigarette, j'ai tiré le fauteuil près de la fenêtre. Le masque africain prend une expression inquiétante.

Quand je suis rentré tout à l'heure, le répondeur clignotait. J'ai tout de suite reconnu sa voix enrouée, je veux dire au premier mot ou même avant qu'elle parle, elle disait bonjour frangin de sa voix enrouée elle aurait pu dire n'importe quoi ça me plaisait de l'entendre, elle disait ce serait bien qu'on se voit, qu'on prenne un verre, elle était désolée pour l'autre soir, elle rappellerait plus tard. Elle ne disait rien de plus mais ça m'allait, j'étais content qu'elle ait appelé, ça devenait plus rare ces temps-ci, imperceptiblement ses coups de fil s'espaçaient.

Je suis crevé, Chef ne m'a pas loupé, plus d'une heure aux sacs, trente minutes à la corde, autant sur le ring à boxer contre les ombres et pour finir, pour les derniers réglages comme il a dit, il est monté en personne, lui, Chef, avec son vieux survêtement et son crâne dégarni, il a enfilé les gants et j'étais face à lui, c'était la première fois, il disait vas-y petit, vas-y frappe, hésite pas et je ne pouvais pas, je me contentais de sautiller et d'envoyer des coups secs qui frôlaient les gants qu'il tenait devant son visage. Il bougeait à peine, je voyais ses yeux, la manière bizarre qu'ils avaient de me regarder, les poils sur sa poitrine qui sortaient de son tee-shirt rouge au col échancré et lâche et je me suis pris un crochet du gauche, mes dents ont claqué pour de vrai, j'ai mis une main à terre, j'ai repris mon équilibre et je me suis relevé, il était là bien droit, bien campé sur ses jambes, la garde haute, il m'a dit vas-y petit, arrête de regarder voler les mouches, t'es pas au spectacle t'es là pour boxer alors boxe bordel de merde.

– Je peux pas, Chef.

– Comment ça, tu peux pas ?

– Je sais pas j'y arrive pas. Je veux pas te frapper, Chef.

– C'est quoi ces conneries, Antoine. Putain faut pas confondre je suis pas ton père, je suis là pour te faire boxer alors tu vas boxer mon vieux. Tu me paies pour ça, alors je sais pas, oublie que c'est moi, dis-toi que je suis un type que tu détestes et on s'y remet.

On s'y est remis, je n'arrivais pas à grand chose, Chef a dit bon ça va pour ce soir, allons bouffer. Il n'y avait plus que nous dans le gymnase désert. Nos voix résonnaient. Dehors la nuit tombait et le quartier chinois commençait à s'illuminer et à briller. On a marché doucement, le long des vitrines, silencieux. Pour peu que l'un de nous dévie sa trajectoire, nos épaules se frôlaient. J'aimais bien les néons roses et les dessins, les fleurs un peu kitsch, les bouddhas aux ventres ronds, les boutiques de mangas, de théières, les légumes et les fruits bizarres, les robes aux imprimés fleuris, aux textures soyeuses et brillantes, aux couleurs profondes, des bleus nuit, des rouges vifs, des verts d'eau, les peintures criardes et les dessins à l'encre, les alignements d'appareils vidéo minuscules, les cassettes de karaoké où des couples diaphanes se séparent et le type part à la guerre et la fille se morfond, les films de kung-fu et de fantômes chinois, et tous ces types aux voix pointues aux mots aiguisés et rapides que je ne comprenais pas et la peau de ces filles aux corps minces aux tailles étroites aux seins cachés. Le restaurant était embué et saturé de parfums, les tables étaient collées, il y avait des types qui s'interpellaient d'un bout à l'autre de la salle, abattaient des cartes, poussaient des pions, riaient en laissant apparaître des dentitions partielles. On a commandé des soupes et le vacarme des voix couvrait la musique. Une fille nous a demandé si elle pouvait s'installer à notre table, il n'y avait plus de place ailleurs. Elle semblait fatiguée, elle était pâle et sous ses yeux naissaient des ombres en demi-lune.

Elle a mangé en m'observant, elle me souriait de temps en temps. À un moment elle a approché sa main de mon visage, a désigné mon arcade bleuie.

– C'est quoi ? Une bagarre ?

– Ça, c'est rien. Un mauvais coup.

Chef a précisé que j'étais boxeur, il a dit ça avec un drôle de sourire et je lui ai demandé de se taire.

Avant de quitter la table, elle m'a demandé mon nom et la date du prochain combat. Elle s'appelair Su et on pouvait la trouver dans ce restaurant presque chaque soir. Je l'ai regardée sortir, se laisser happer par la nuit du dehors.

Je suis arrivé à la bourre, André m'a lancé un sale regard, il s'était tapé le début du boulot tout seul. Il m'a dit je vais finir, tu te chargeras de la famille. Ils étaient deux, l'époux devait bien avoir quatre-vingt-dix ans, la fille soixante-dix. L'homme portait un complet trois-pièces anthracite et froissé, il avait dû être très grand et se tenait voûté, il marchait sans lever les pieds, les semelles de ses souliers vernis glissant sur le linoléum. Je lui ai proposé mon bras, il s'accrochait à moi avec une force étonnante. Nous avancions d'un pas de patineurs au ralenti, la vieille se mouchait dans un tissu imprimé. Dans la lumière crue du funérarium, la musique d'ambiance à peine audible, j'ai repensé à mon père, et je me suis rappelé que j'avais été incapable de le faire, je n'avais pas pu, c'était trop dur et à quoi ça rimait de venir contempler un corps froid et blanc et mort et maigre, à quoi ça rimait de venir voir ça, il n'y avait rien à voir, plus rien, son corps sans doute était blanc et froid et osseux et maigre, je ne voulais pas voir ça, il n'y avait rien à voir de toute façon, puisqu'il était mort.

J'ai ouvert la porte. André se tenait près du cercueil ouvert. Le vieux a lâché mon bras, il s'est avancé doucement et j'ai vu son visage penché sur le cercueil et dedans le corps menu de sa femme. Il pleurait, pourquoi les gens s'infligent des trucs pareils je ne sais pas, je l'ai regardé, je n'ai pas pensé à la vie qu'ils avaient partagée, à ce temps si long et toutes ces choses, j'ai regardé ce vieux monsieur poser sa main sur les cheveux d'une morte, passer un doigt tremblant sur sa joue. Il est resté quelques instants et s'est tourné vers moi. Nous sommes sortis en silence.

Il n'y a pas eu de cérémonie religieuse. Avant que je ne referme le haillon sur le cercueil et quelques fleurs, le vieux m'avait glissé à l'oreille cette phrase : « Nous n'avons jamais cru en Dieu. » J'ignore pourquoi mais elle m'a fait un drôle d'effet. Moi non plus je n'y avais jamais cru et peut-être n'avais-je même jamais pensé à y croire.

On a sorti le cercueil, on l'a porté tous les deux, André et moi, le vieux et sa fille nous suivaient, il n'y avait personne d'autre. André a prononcé les mots d'usage et on a passé les cordes. En glissant dans la fosse, la tête du cercueil a heurté la terre et ça a fait un bruit mat. Le vieux et sa fille se sont avancés, ont jeté chacun un bouquet de marguerites parce que « Maman adorait les marguerites » m'avait confié sa fille, et ce fut à peu près tout. Nous sommes restés près d'un quart d'heure autour de la fosse à regarder le cercueil et le trou. André fumait une clope les yeux dans le vide. J'ai annoncé à la fille qu'ils pouvaient revenir d'ici deux heures, la tombe serait prête, la dalle posée. Elle a hoché la tête, a pris son père par le bras et on les a regardés s'éloigner à pas traînants. On s'est remis au boulot.

Tout s'est éteint subitement et la gare et les voies se sont fondues dans le gris sombre de la nuit. Le ciel a changé de couleur. Le téléphone a sonné et c'était Chef, il voulait me rappeler l'heure et l'adresse, vérifier que tout allait bien, je lui ai souhaité une bonne soirée et j'ai raccroché. Je me suis servi du saké dans un minuscule bol en terre cuite, j'ai entendu le signal, l'assiette était brûlante. En passant, j'ai fait tourner les branches du porte-photos et ma sœur avait six ans ou plus, elle souriait et l'arrière-plan était bouffé par la lumière, ses cheveux étaient presque roux, elle avait six ou sept ans elle me disait raconte, raconte encore on se cachait sous le lit, on était bien sous le lit cachés on fermait les yeux on écoutait les bruits de la maison, les arbres grattaient les murs, un chien aboyait au dehors, le bois craquait, on était l'un contre l'autre, serrés cachés sous le lit, on pouvait rester des heures enlacés on fermait les yeux et elle tenait ma main, elle se penchait sur moi et je sentais son haleine un peu acide et son souffle tiède, elle se tournait vers moi elle disait raconte et en murmurant je racontais.

J'ai allumé un joint, joué quelques instants avec la flamme du briquet, son claquement amplifié par la nuit et le silence. J'aimais le bruit que faisait l'herbe en grillant, et la manière dont tout ça s'insinuait dans mes poumons, semblait tout dégager sur son passage pour me plonger au cœur d'un été parfait. Je fumais le maquis et c'était calme et bon.

J'ai ouvert la lettre. Elle traînait depuis la veille sur la commode. Je l'avais glissée sous le bouddha. J'ai caressé le bois et son visage, les éclats dorés. Au dos de l'enveloppe il y avait le nom de mon frère. On ne s'était pas revus depuis l'enterrement. Nous étions des étrangers, ça ne me dérangeait pas, c'était ainsi depuis toujours, au mieux nous avions cohabité, partagé des parents. Je ne pensais jamais à lui. La lettre était tapée et ça lui ressemblait de m'écrire ainsi, dans ce style précis et froid, administratif. Mon frère m'informait de la vente de la maison de papa. Il fallait vider les lieux, lui ne tenait pas à récupérer quoi que ce soit et nous enjoignait ma sœur et moi d'y faire un tour avant la fin du mois. J'ai replié la lettre, rallumé le joint devenu froid.

La maison était petite et située dans une rue calme, assez étroite et bordée de prunus. Le jardin était à l'arrière, mon père sur les murs de béton faisait pousser des rosiers grimpants et du lierre. Par la fenêtre de la cuisine, celle qui donnait sur la rue, on voyait s'agiter doucement les feuilles du bouleau qui parvenait à croître entre une plaque de ciment et un grillage jusqu'à dépasser la maison. Mon père aimait cet arbre dont le tronc était plus fragile et les branches plus souples à mesure qu'il s'élevait. Dans sa chambre à l'étage, il avait placé son lit de façon à le voir. Les murs étaient tapissés de papier peint marron et sur la commode s'empilaient quelques livres et des papiers. Il y avait cloué sur le mur un cadre où se superposaient une dizaine de photos anciennes. On me reconnaissait enfant, toujours flanqué de ma sœur, mon frère y figurait aussi, seul ou près de maman, sous la tonnelle et attablés, maman en robe bleue et en tablier, mon frère en tee-shirt, affairés à éplucher des légumes posés sur un torchon. Il y avait aussi une photo de mon père en slip de bain, debout sur un rocher, l'eau était couverte de reflets brillants.

J'ai décroché le téléphone, il était tard, les lumières de la gare s'étaient éteintes et je la réveillai. Je lui parlai du combat et de la maison de papa, on irait ensemble, elle non plus ne voulait pas s'y rendre seule, ne s'imaginait pas fouiller dans le silence, ne s'imaginait pas agenouillée près du buffet ouvert et autour d'elle le sol et le carrelage jonchés de papiers, de photos de babioles.

J'ai vu Chef dans les tribunes et puis cette fille, Su, qui avait promis. Elle m'a fait un signe, je n'ai rien répondu, j'ai essayé de me concentrer et de détendre mes muscles, les épaules, les bras, le cou. Garder de la souplesse sous le nerf. Pareil pour les jambes. Se vider la tête aussi, oublier les corps les cadavres et les boîtes et tous ces gens et mon père, oublier que ma sœur n'était pas là, dans les tribunes, du moins je ne l'avais pas vue, elle n'était pas sûre de pouvoir venir, elle avait dit, pas certaine, mais elle essaierait, oui elle essaierait mais non, elle n'était pas là ma sœur, mieux valait ne pas s'emporter, la rage la tristesse tout ça c'est de l'énergie qui s'en va, du nerf qui fout le camp, qui claque et lâche, tout ça c'est de la petite chimie, faut tout maintenir à niveau, respirer tranquille et tout vider, sentir chaque muscle et la peau par-dessus, tous les rouages, n'être que ça, une machine bien huilée, si c'est grippé c'est foutu, être des membres déliés, du sang et des muscles être un corps et rien d'autre. Le commentateur s'est mis à débiter ses conneries, ça allait commencer, fallait plus penser à rien, être entier projeté dans les poings et les bras et les jambes, concentré.

Je suis monté, l'arbitre a dit « boxe » et dans ces moments on ne pense plus, on est dans le mouvement et la précision des gestes, l'impact des poings et les coups reçus, dans ces moments il me semble que j'échappe à quelque chose, à quoi je l'ignore.

Voilà, je suis un corps en mouvement, je suis un corps qui frappe et qui encaisse, j'entends des voix, je n'essaie pas de les distinguer ni de comprendre ce qu'elles disent. J'entends prononcer mon nom, j'entends Chef, la fille, de toute façon ça y est je n'entends plus rien ça y est je suis en mouvement, j'exécute des foulées minuscules, des pas de danseurs, mes coups sont précis, tout est réduit au nerf, en face le type me touche de temps en temps mais ce sont juste des impacts et les miens sont plus secs et plus nerveux et j'ai chaud je suis bien je sens tous mes nerfs je suis bien il me touche au visage et du sang coule sur mes yeux mais ce n'est rien, c'est du sang, rien d'autre, je suis bien je suis un corps en été un corps nerveux, il fait chaud je suis bien je sens chaque grain de ma peau chaque fibre de mes muscles, je frappe et je l'use, je suis bien je frappe et il s'effrite et je le sens flancher, en déséquilibre, je le sens qui s'affaiblit qui encaisse moins bien et tout s'accélère.

Nous étions seuls dans cette salle où flottait un parfum de savon et de sueur. Les murs étaient couverts de carrelage et c'était froid contre ma peau. La fille m'observait, je gardais ma tête entre mes mains. En levant les yeux je voyais ses jambes nues et ses yeux détailler mon short trop large et brillant. On pouvait voir les fils défaits et les accrocs. C'est mon chat j'ai dit il adore bouffer ce short. Elle a ri d'un rire pointu et ma sœur n'était pas là.

Je me suis mis à pleurer. Chef parlait d'une voix rapide, accélérée, mécanique, je crois qu'il avait honte ; qu'il était gêné, il disait Antoine qu'est-ce qui t'arrive, ressaisis-toi, t'as gagné bordel, ressaisis-toi calme-toi t'as gagné tu l'as mis KO allez viens on va fêter ça, je t'invite, je vous invite tous les deux on va se faire un beau resto. Je leur ai demandé pardon, j'ai reniflé un bon coup, j'ai dit c'est rien, c'est les nerfs.

On est sortis tous les trois dans la nuit pluvieuse. Un taxi m'a éclaboussé, des néons aux formes d'idéogrammes se reflétaient informes dans les flaques. Le restaurant était bondé et moite. On baignait dans la vapeur et les parfums de thé vert et de jasmin. On étouffait et c'était bon, comme pleurer ou s'endormir. Su a été happée par des types à l'humeur joyeuse et visiblement saouls. Chef avait l'air ailleurs, il chantonnait en regardant son assiette. On se disait rien, on était là dans la moiteur des choses, on suçait des nouilles, Su me souriait de loin, il y avait du bruit, c'était bien.

Chef m'a fixé sans rien dire, ses yeux brillaient drôlement, il est resté comme ça un moment et puis c'est venu, il s'est mis à parler, son ex-femme l'avait appelé dans l'après midi, des détails à régler, le transfert des gamins, la pension, ce genre de choses. Chef me dit c'est étrange, elle habite tout près et pourtant sa voix paraissait si lointaine, il y avait cet étranglement-là je l'entendais, sa gorge serrée et sa bouche pâteuse et les mots qui avaient du mal, tout ça je l'entendais, la douleur que c'était d'entendre ça, d'avoir chacun la gorge serrée à se parler d'un bout à l'autre du fil. Tu sais Antoine, souvent je me dis qu'on a fait une connerie, que maintenant c'est toujours pareil sauf qu'elle n'est plus là, sauf qu'on n'est plus ensemble à s'épauler, à être quand même présents l'un pour l'autre et le pire c'est peut-être encore ça, être seul, la savoir là-bas, à quelques centaines de mètres, la gorge serrée et ne pouvoir la consoler. Chef me dit aussi qu'à son avis le couple est avant tout une entreprise de consolation mutuelle, finit en tout cas par le devenir et il se demande bien pourquoi on devrait se battre contre ça. Il me demande ce que j'en pense et je n'en pense rien.

Le dîner s'est prolongé, on s'est laissé embarquer dans un poker. Les Chinois n'arrêtaient pas de nous servir des bières. Les amis de Su étaient bourrés, ils hurlaient dans la rue des chansons vietnamiennes. Elle s'est approchée, m'a embrassé dans le cou et s'est assise près de moi. Je bougeais doucement mes cartes, ma main gauche allait et venait le long de sa cuisse, mes doigts passaient parfois sous sa robe noire. Chef a gagné mille balles, j'en ai perdu cinq cents, il m'a tout donné, il m'a dit le reste c'est cadeau, c'est pour ta victoire, prends-toi une chambre dans un hôtel et emmène Su.

J'ai ouvert la fenêtre. La pluie sur la chaussée et la tôle des voitures, les moteurs et les sirènes de police au loin, les rires de deux putes chinoises sur le trottoir, tout ça créait un vacarme doux qui m'allait bien. Je me suis affalé sur le lit, j'ai allumé la télé. Il y avait un match de tennis, Leaton Hewitt mettait une branlée au vieux Sampras. Il avait l'air de taper trois fois plus fort, de courir deux fois plus vite. C'était pas la peine de regarder plus longtemps, il allait remporter la coupe. Su était dans la salle de bains. Dans le minibar, j'ai pris une mignonnette de Ballantines. Su est apparue, entièrement nue et sa peau sous la lumière crue était blanche et soyeuse. J'ai embrassé son ventre et son sexe, elle a pris le mien dans sa bouche, j'avais des courbatures et je sentais de manière incroyablement précise la douceur de son corps sur le mien. Elle s'est mise sur le ventre, je suis entré d'un coup, elle a poussé un cri aigu.

Le lendemain, j'ai retrouvé Chef dans l'après-midi, on a picolé ensemble. Il n'était pas bien, me disait tu peux pas savoir comme je suis seul maintenant et puis ce matin elle est venue chercher les gamins, c'était horrible on n'osait pas se regarder en face et j'ai eu envie de la serrer dans mes bras. Je n'ai pas su quoi dire, on a changé de bar et on a bu encore. J'ai rempli plusieurs fois son verre et il lâchait des soupirs fatigués. À un moment, il m'a dit qu'il était fier de moi.

II

Le temps du lien défait
(Murat)

Le cercueil me rentrait dans l'épaule, mes mains se crispaient sur les poignées, mes phalanges étaient douloureuses et au moment de le poser, j'ai senti mon bras faiblir. Il y a eu le choc un peu sourd du bois contre la terre et un murmure a parcouru l'assemblée. André m'a dit que ça allait, c'était pas grave, on continuait, avec lui ce n'était jamais grave ce genre de truc. On s'est écartés, un grand type a pris la parole, il était maigre et uniformément gris, des cheveux au costume en passant par la peau. Il s'est mis à parler de sa mère qui nous avait quittés jeudi, j'ai allumé une cigarette et j'ai fait quelques pas pour me dégourdir les jambes. Le ciel était profond et la lumière précise, les tombes brillaient. Malgré les feuillages et les statues, les fleurs et le reste, je ne reconnaissais aucune beauté à ce lieu, pas plus qu'aux autres cimetières que j'avais dû fréquenter jusqu'alors. Je n'avais jamais compris qu'on puisse s'y promener en touriste, flâner pour le plaisir entre les dalles et les caveaux de famille.

Je me suis éloigné encore un peu, le discours allait durer des plombes, la voix du type chevrotait et j'ai pensé qu'André et Jacques devaient le trouver ridicule, ils trouvaient toujours ça ridicule les gens qui fondaient en larmes. J'imagine qu'ils disaient ça pour faire les marioles, pour se protéger parce que, faut pas croire, ces trucs-là ça vous chope et vous étrangle, ça vous contamine drôlement et on se retrouve là la gorge serrée sur le point de pleurer des morts qu'on n'a jamais connus.

Au fond du cimetière elle était là, c'était elle, la petite fille blonde de l'autre fois, elle était seule et elle se balançait d'un pied sur l'autre et ses lèvres bougeaient doucement, elle n'avait pas quitté son grand manteau noir et je l'ai observée qui murmurait ou chantait.

André m'a appelé, il fallait s'y remettre.

Après l'enterrement je suis repassé au bureau. J'ai rempli quelques papiers, complété un dossier. Dans la brasserie d'en face ma sœur m'attendait. Elle buvait son café, d'ici je pouvais la voir, elle était blottie contre la vitre, son visage en plein soleil et sa main qui parfois frottait ses yeux. J'ai regardé l'heure, c'était bon, j'avais fait mon temps. J'ai rangé le dossier dans le premier tiroir, posé mon stylo dans le porte-crayon, vidé mon cendrier. Un type est entré dans la boutique et a jeté un œil sur les plaques, regardé de plus près une couronne, je lui ai dit de s'adresser à André et je suis sorti.

Claire m'a souri et je l'ai embrassée, j'ai senti son parfum et ses cheveux contre mon visage. Elle m'a dit que j'avais mauvaise mine, un teint de croque-mort, elle a ajouté. Nous sommes sortis et elle marchait près de moi, me crochetait le bras. Il y avait un peu de soleil, le ciel était pâle et liquide, elle me parlait à voix basse, parfois sa tête touchait mon épaule.

– C'est quoi ça ?

– C'est ma voiture.

– T'as acheté une voiture ?

– Ben oui. Enfin, c'est Pierre il en avait marre de sa vieille Panda, il a décidé d'en acheter une nouvelle et voilà. Elle te plaît ?

C'était un genre de voiture familiale dont la carrosserie brillait sous le soleil. Ça sentait le neuf, Claire s'est mise au volant, a réglé les rétroviseurs, mis sa ceinture. On a longé la

Seine, la casse automobile, les laboratoires pharmaceutiques. De l'autre côté du fleuve, les berges étaient bordées d'arbres et mangées par le vert, on voyait des joggers, j'ai pensé qu'il fallait que je m'entraîne, Chef disait toujours qu'on perdait en deux jours ce qu'on gagnait en dix. On s'est garés devant le portail, Claire s'est tournée vers moi et m'a dit : Et voilà.

J'ai entendu le rideau de perles et Claire a disparu à l'intérieur de la maison. Des fruits pourrissaient par terre et le long du grillage. J'ai poussé la grille du jardin potager et c'était devenu un carré de terre sombre, planté de tiges, envahi de feuilles grasses, de salades géantes et noircies. Une courge énorme se dressait au milieu. On accédait à la cave par une porte située à l'arrière de la maison, la clef était cachée sous l'arrosoir. Ça sentait la poussière et la terre sèche, la pierre et le vin. Mon père y entreposait ses bouteilles de vin d'Ardèche et de Saint-Joseph. Il les buvait là, il y avait un fauteuil crevé où il s'installait, une vieille lampe et quelques journaux empilés dans la poussière. J'ai écarté le rideau de coton blanc. De l'autre côté c'étaient des murs de parpaings et une ampoule dénudée pendait au plafond. Un baby-foot était rangé à la verticale. Suspendu à un crochet rouillé, un sac pendait, épais et rempli de sable. Mon père l'avait installé quand j'avais commencé la boxe. Je venais deux ou trois fois par semaine et il descendait de temps en temps, s'installait dans son fauteuil, de l'autre côté du rideau. J'entendais le bruit des bouteilles, il me parlait de temps en temps, me demandait : « Ça va Tonio ? » Le samedi j'arrivais pour le café puis j'allais à la cave et je m'entraînais tout l'après-midi. Ma sœur débarquait vers dix-huit heures et préparait le repas que nous prenions tous les trois au salon et c'était il y a si peu de temps quelques mois à peine et ça paraît si loin. Le soir on partait tous les deux, elle me suivait chez moi, nous buvions et souvent elle s'endormait contre moi sur le canapé, sa joue était douce et profonde, comme celle d'une enfant. Recroquevillée ainsi elle était minuscule.

Sur le buffet étaient posés quatre gants. Le cuir rouge était craquelé, j'en ai enfilé une paire et j'ai ôté mon pull. Je suis resté longtemps à frapper dans les sacs.

J'ai rejoint ma sœur dans le salon et les volets étaient fermés. Il y avait, étalés sur la table, des lettres et des enveloppes, des cartes postales et des photos et d'abord je n'ai rien remarqué mais en m'approchant, j'ai vu ses yeux mouillés et les larmes sur ses joues. Je l'ai enlacée et ma tête contre la sienne se calait dans son épaule, nos joues se touchaient et c'était humide.

Plus bas coule l'Ardèche, plus loin la Volane, ailleurs la Besorgue, au creux de vallées étroites où s'accrochent d'épaisses maisons de pierre. Il pleut sur la tonnelle, il pleut depuis le matin et la porte est ouverte, il y a les chansons italiennes et la fumée des Gitanes, le figuier penché, Claire est sur le lit, l'échelle mène à l'étage, les chansons italiennes, la tonnelle ouverte sur la pluie, le vin d'Ardèche et les gitanes, le vert et le doré de l'eau, les feuilles de menthe qu'on frotte entre nos doigts, l'harmonica dans le soir, la liqueur de châtaigne, le goût de caramel, une mante religieuse, le vert pomme sur le bleu du bois peint, les cigarettes, mon père somnole et ma sœur est sur le lit, là, tout près de la porte, ouverte sur la tonnelle, sur le soir et sur la pluie, la table fragile où frissonnent les feuilles jaunes et les dernières roses séchées.

J'ai pris son harmonica. Claire une bague que papa conservait près de son lit. On a embarqué les photos, les lettres et on est partis. Claire a appelé la société et leur a dit qu'elle passerait leur donner les clefs, qu'ils pouvaient tout vider. Dans la voiture elle m'a dit Antoine, j'aimerais bien te présenter Pierre, ça fait un an qu'on se connaît et tu ne l'as jamais rencontré. J'ai hoché la tête, je n'avais aucune envie de rencontrer ce type.

Chef avait l'air de bonne humeur, il m'a fait monter tout de suite. En face, Karim me regardait droit dans les yeux en bougeant très rapidement. Plusieurs fois il s'est lancé et j'ai esquivé, ça m'a frôlé et j'ai eu l'impression qu'il cherchait à porter les coups, j'ai regardé Chef il s'est contenté de sourire. J'ai essayé de me calmer, mes gants protégeaient mon visage, j'étais concentré, je voyais le gamin en face, la manière qu'il avait d'être tendu et dense sur un ring alors qu'ailleurs il semblait si lisse et délié. Ils ont allumé les projecteurs et j'ai eu l'impression qu'il faisait plus chaud tout à coup. Karim a tenté plusieurs droites, j'ai allongé deux directs au foie très légers pour le maintenir à distance et j'ai repris ma garde, il cherchait mon regard, il crachait par terre, je me suis demandé ce qu'il voulait, il s'est jeté et j'ai pris son crochet gauche en pleine mâchoire, il y était allé franchement, sans rien retenir, j'avais mal, j'étais sonné et en colère j'ai pas réfléchi j'ai aligné deux directs du gauche et un crochet du droit, trois coups précis et raides et je l'ai touché trois fois et il a valsé dans les cordes. Je me suis approché de lui, j'avais honte : il saignait et crachait du sang. Chef est arrivé, et m'a gueulé dessus, putain Antoine ça va pas t'as pété un câble ? J'ai jeté mes gants vers lui et je me suis tiré dans les vestiaires. Dans le lavabo, je me suis passé la tête sous l'eau froide.

Chef s'est pointé, il avait remis son bonnet de laine.

– Putain Antoine, qu'est-ce qui t'a pris ?

– Il retenait pas ses coups. Il l'a cherché, Chef.

– Écoute, c'est un gamin, il est un peu hargneux, il est jeune, toi t'enchaînes les combats gagnants, le petit quand il monte, il cherche la confrontation, dans sa tête c'est énorme c'est un vrai combat, t'es son modèle à ce gamin, t'es le type à battre, c'est normal Antoine.

– Comment il va ?

– Ça va, Hélène s'occupe de lui. Mais me refais jamais un coup pareil, Antoine. Je sais pas ce qui t'a pris, t'étais peut-être mal luné mais tes problèmes tu les laisses à la maison, ici on boxe et c'est du sport, compris ?

– Arrête tes leçons, Chef.

Sur le boulevard, les enseignes étaient troubles. Su était trempée, elle m'attendait depuis vingt minutes ou plus, sous la pluie en face du club. Quand elle m'a vu elle a couru et s'est blottie contre moi, j'ai eu un mouvement de recul, j'ignore pourquoi. Au restaurant, Chef a vidé la bouteille de chianti avant qu'on nous amène les pizzas. Il était très gai et nous appelait les enfants, les tourtereaux enfin par toutes sortes de noms débiles. Je le trouvais ridicule, je me demandais ce qui lui prenait de parler comme ça. À l'autre bout de la salle, un type fringué d'un costume brillant et rétro a annoncé le début du karaoké. Une fille en minijupe noire et body léopard s'est levée. Ses cheveux blonds étaient arrangés en une choucroute invraisemblable autour de son visage impeccablement bronzé et trop maquillé. Elle a pris le micro et s'est mise à entonner un vieux tube de Joe Dassin. Sur l'écran on voyait un type tout seul à l'air romantique et en surimpression une fille aux cheveux raides. La fille avait une voix rauque et semblait au bord des larmes. Entre deux bouchées, Chef l'accompagnait du bout des lèvres. Et si tu n'existais pas, chantait-il en mâchant son chorizo. J'aimais bien cette chanson, sans trop savoir pourquoi, elle me foutait les larmes. J'ai posé ma main sur le genou de Su et gratté le tissu chair de ses bas. Elle a posé sa serviette sur la table et s'est levée. Je l'ai regardée traverser le restaurant, dire trois mots à l'animateur et régler le micro à sa hauteur. Elle a choisi une chanson d'Aznavour, j'ai toujours détesté Aznavour, ce nain grotesque. La lumière gélatinée de bleu accusait la pâleur de sa peau. Elle paraissait plus fine encore, presque transparente. Chef a rempli mon verre et on a fini la deuxième bouteille.

– Ça va Chef ? T'as l'air ailleurs.

– Excuse-moi, c'est juste que je réfléchis, je pense à des trucs. J'ai vu Marie aujourd'hui, on s'est dit des tas de choses et c'était plutôt confus alors je sais pas, mais quand même on a parlé de partir tous les quatre en vacances, on louerait une maison avec les enfants, tu vois. En même temps je peux pas m'en empêcher, je me demande si c'est une bonne idée, je me demande à quoi ça rime tout ça, si ce serait une bonne chose de faire un pas en arrière, si c'est pas de la faiblesse ou de la lâcheté. La peur de la solitude ou quelque chose dans ce genre.

– Personne ne te demande d'être courageux, Chef, personne nous demande ça. Faut faire ce qu'on croit le mieux. Faut faire comme tu le sens, Chef, le reste tu t'en branles, le reste c'est des conneries de magazines à la noix.

– T'as peut-être raison, Antoine.

Su est revenue et trois types l'ont applaudie en suivant ses jambes du regard.

– Comment j'étais ?

– Je sais pas, Su, j'ai pas écouté.

– T'es pas gentil, Antoine

J'ai regardé son visage et on devinait qu'elle s'était laissée prendre par la chanson, qu'elle avait pleuré, son maquillage avait coulé. J'ai eu l'envie subite d'enfoncer mon visage entre ses cuisses, de serrer ses hanches et son cul.

– C'est qui sur les photos ?
– C'est ma petite sœur.
– Elle était drôlement belle.
– Elle l'est toujours.
– C'est dingue, il y a des photos d'elle partout. Elle habite où ?
– Pas loin, on se voit souvent.
– C'est trop bizarre.
– Quoi ?
– Je sais pas toutes ces photos.

Su portait ma chemise qu'elle n'avait pas fermée. Elle inspectait l'appartement et, lorsqu'elle se tournait vers moi, je voyais ses seins dans l'échancrure et une ombre brune entre les pans de tissu. J'ai embrassé son visage et sa nuque, puis ses épaules, ses seins et son ventre, elle a laissé échapper un petit rire au moment où mon visage s'est collé contre son sexe.

– Je t'aime bien Antoine, mais toi, tu seras jamais capable de m'aimer vraiment.
– Pourquoi ?
– Parce que tu aimes trop ta sœur, tu pourras jamais être amoureux. T'as déjà été amoureux ?
– Non, et alors ?
– Et alors rien. C'est triste pour toi. C'est tout. Ça me rend triste pour toi.

J'ai appuyé un peu plus ma langue et son souffle est devenu plus profond, comme si l'air venait d'un endroit plus lointain que les poumons tout à coup.

Su dormait sur le ventre et j'ai refermé la porte de la chambre. J'ai approché le fauteuil de la fenêtre, le ciel était d'un noir profond. J'ai fumé tout un paquet de cigarettes, je n'avais aucune idée de l'heure et Su devait se lever tôt. Tout à l'heure elle passerait sa main dans mes cheveux et sur ma nuque, puis sortirait. Dans le RER elle somnolerait. Elle rentrerait chez elle sans faire de bruit et se glisserait dans son lit quelques minutes avant d'entendre le réveil. Alors elle se relèverait et pénétrerait dans la chambre de son fis, le secouerait un peu, déposerait un baiser sur son front et dirait : Il faut te lever mon ange. Dans la cuisine, elle ferait chauffer un peu de lait, beurrerait deux tartines. Elle regarderait manger son fils et l'accompagnerait dans la salle de bains. Lorsqu'il serait vêtu, elle le prendrait par la main, ils descendraient l'escalier, marcheraient quelques minutes. Il l'embrasserait sur la joue et disparaîtrait à l'intérieur de l'école. Elle rentrerait se coucher.

La boule orange du lampadaire était coincée dans l'angle de la fenêtre. J'ai pris l'harmonica de mon père, je n'ai pas soufflé, je me suis contenté de respirer par la bouche et des couinements aigus se sont fait entendre. Ça a laissé un goût de métal sur mes lèvres.

Quand je suis arrivé ils étaient là, près des vitres. Il y avait une bougie au milieu de la table et il approchait sa main de ses cheveux. Je n'ai pas traversé tout de suite, je suis resté quelques minutes à les observer. Je me sentais mal, un peu poisseux, j'avais bu avant de venir, pas trop quand même, trois whiskies, peut-être quatre, sans doute j'aurais mieux fait de passer au gymnase ou d'aller courir.

Claire avait noué un foulard dans ses cheveux et ses lèvres étaient maquillées. Pierre s'est retourné et m'a secoué la main avec chaleur, en posant son autre main sur mon épaule, c'était un grand type aux cheveux courts et noirs, il fumait avec élégance et buvait un whisky sans glace. Il a appelé le serveur, m'a demandé ce que je voulais boire. J'ai commandé une bière et il a demandé si on pouvait avoir des olives ou autre chose. Claire m'a trouvé mauvaise mine, j'étais pâle et ses doigts jouaient avec ceux de Pierre, très longs et très fins, elle lui a demandé ce qu'il en pensait, il n'a pas pris position, s'est contenté de dire qu'en effet j'avais l'air un peu fatigué.

Claire s'est dirigée vers les toilettes et j'ai vu là-dedans quelque chose de prémédité, un truc pour qu'on se retrouve tous les deux, une manœuvre à deux balles et ça ne m'a pas plu. Pierre a vidé son verre, il me regardait droit dans les yeux, penché en arrière sur sa chaise et jouait avec son briquet.

– Claire m'a dit que tu étais boxeur.

– Disons que je boxe un peu.
– Et aussi que t'avais pas vraiment de boulot.
– Enfin si j'ai un boulot. J'enterre les morts, c'est pas gai mais il faut bien que quelqu'un s'en charge, c'est un boulot comme un autre. Ça ou autre chose. De toute façon je sais rien faire.
– C'est pas un boulot pour toi, Antoine.
– Qu'est-ce que t'en sais ?
– J'en sais rien, mais disons que c'est pas un boulot pour qui que ce soit de toute façon. Enfin, si un jour, tu cherches un job, appelle-moi, il y a toujours de quoi faire dans mon secteur.

Je ne lui ai pas demandé de quel secteur il s'agissait, ni en quoi consistaient les jobs en question, je m'en foutais, j'ai fini ma bière et Claire est revenue. Elle parlait de l'hôpital et il acquiesçait, elle se plaignait de la fatigue et de son salaire, elle parlait bizarrement, du moins je ne lui connaissais pas cette voix-là et je regardais ailleurs, je ne l'écoutais pas, c'était comme si elle ne me parlait pas à moi, je regardais ailleurs, je n'avais rien contre ce type, il était très bien, très gentil, très beau mais je ne voulais pas en savoir plus, je ne voulais pas rester là à entendre ma sœur sans l'écouter et sans la reconnaître, j'ai fini mon verre, j'ai dit ça va pour aujourd'hui, c'est bon pour cette fois dînez bien passez une bonne soirée, buvez à ma santé et bonsoir.

Dans la rue je sentais le vent du soir, l'air plus frais et ma tête tournait, c'était l'alcool, cinq ou six whiskies tout au plus et je n'avais rien mangé, je sentais ma peau et mes muscles et mes membres et j'étais vivant, l'air pénétrait dans mes narines irradiait mes poumons, rarement j'en avais eu une telle conscience.

J'ai entendu sa voix mais j'ai continué à marcher, elle m'appelait, courait derrière moi et je ne m'arrêtais pas. Elle m'appelait et c'était ma sœur, elle me courait après, les arbres défilaient des deux côtés, il fallait se baisser pour passer sous les branches, mettre ses bras devant pour les écarter et les ronces me griffaient aux genoux, elle appelait j'accélérais, j'entendais sa voix enrouée crier mon nom, entre les branches tout là-haut il y avait des morceaux de ciel bleu, des morceaux très profonds et très lumineux, ça glissait, la terre boueuse et les flaques, on entendait derrière tout ça la rivière, son grondement sur les pierres, le boucan des rapides, elle m'appelait et je ne m'arrêtais pas, j'attendais qu'elle pleure, j'ignore pourquoi je ne me retournais pas je ne répondais pas jusqu'à ce qu'elle pleure et alors je m'arrêtais, elle me rejoignait et je tordais ses poignets, elle essayait de me griffer, ramassait des mottes de terre qu'elle me lançait au visage

Mes dents grinçaient, j'ai accéléré, j'ai pressé le pas et sa voix a paru s'éloigner, s'étrangler ou s'éteindre. J'ai pensé qu'elle devait pleurer, je l'imaginais sur le trottoir et ses mains qui cachaient ses yeux. Je me suis arrêté, je l'ai attendue. Quand elle est arrivée à ma hauteur, j'ai vu qu'elle souriait. « J'ai cru que tu m'entendrais jamais », elle n'a rien dit de plus, ne m'a fait aucun reproche ni demandé d'explication, s'est contentée de me tendre une enveloppe.

– Tu avais oublié ça.

J'ai ouvert.

– Tu viendras ?

– Pourquoi tu ne m'en as pas parlé plus tôt ?

– Je voulais te faire la surprise. Tu viendras ? T'as pas l'air content, tu tires une de ces tronches.

– Bien sûr je viendrai.

– Et Pierre, il te plaît ? T'es pas obligé de dire oui.

– Tu ferais mieux d'y aller. Il doit se demander ce qui se passe.

On s'est embrassés et je l'ai regardée s'éloigner, elle courait en tenant sa main droite sur sa poitrine, l'autre pendait le long du corps.

J'ai sonné et Su m'a dit de monter. Le parvis était balayé par un vent frais, près des grands bacs de plantes et des sculptures abstraites étaient attroupés des types occupés à fumer et à descendre des bières chinoises. Leurs voix étaient prises d'incroyables modulations, passant en un instant du murmure à une explosion de sons aigus et secs. Dans la nuit, les tours étaient des ombres massives et menaçantes et la froideur du béton et des lignes strictes contrastaient avec la débauche de néons, de guirlandes et de lumières qui éclairaient de rouge de jaune et de vert le centre commercial, les restaurants, les boutiques.

Su m'a entraîné dans le salon, la table basse était couverte de bouteilles et de cendriers remplis. Une dizaine de types et de filles se marraient et s'apostrophaient en vietnamien et tout était enfumé. Ça sentait la bière, l'alcool de riz. Je me suis affalé dans un fauteuil et elle se tenait sur l'accoudoir, ses doigts circulaient sur ma nuque et dans mes cheveux. J'ai saisi une bouteille de vodka, j'ai commencé à la vider. À mi-parcours je suis allé vomir, j'ai renversé des assiettes en carton, des bouteilles et un cendrier. J'ai ouvert plusieurs portes, derrière l'une d'elle dormait le fils de Su, son drap rejeté par terre, vêtu d'un pyjama rouge en coton. Dans le coin gauche de la pièce, il y avait aussi un matelas posé à même le sol, y dormaient je crois ses parents, comment arrivaient-ils à dormir avec tout ce bordel, au salon, ils chantaient, avaient mis en route la machine à karaoké, c'étaient des chansons vietnamiennes ou des reprises de France Gall et d'autres trucs. J'ai fini par trouver les toilettes, c'était acide et douloureux, j'avais rien mangé, ça râpait l'intérieur et je me tordais au-dessus de la cuvette. Su frappait à la porte, voulait savoir si ça allait, elle criait à moitié, je lui ai hurlé de fermer sa gueule. Quand je suis sorti, elle pleurait tandis qu'une fille lui caressait les cheveux et lui tendait des mouchoirs. La musique s'était interrompue et tous ces types me regardaient fixement et à ce moment-là j'aurais voulu ne pas exister, être transparent ou mort ou autre chose, et c'était pas croyable comme d'un coup tout dégringolait, à l'intérieur tout cédait, je sais pas pourquoi tout ça cédait comme ça à ce moment-là mais je peux jurer que le peu d'ordre qui restait là-dedans, c'était du passé.

Dehors il faisait froid, il devait être au moins une heure du matin, il n'y avait plus de métro j'ai décidé d'aller chez Chef. Je l'ai réveillé, il a entrouvert la porte, son tee-shirt était taché et son caleçon trop large. Je suis entré sans rien dire, il m'a dit qu'est-ce qui t'arrive Antoine, tu as une tête d'enterrement, j'ai dit putain Chef, arrête avec tes blagues à la con, je suis fatigué, amène-moi une couverture. Sur le canapé je me suis allongé et ça tournait mon Dieu comme ça tournait et Claire aussi je la prenais par les mains et je tournais et son corps se soulevait à l'horizontale et bientôt elle volait et je tournais je tournais de plus en plus vite et Claire elle criait et elle riait elle riait en criant elle criait en riant, et je ne voyais plus que le soleil en face et je n'entendais plus que son rire et puis on s'écroulait et ça tournait encore pendant des minutes entières j'aurais jamais pu me relever Claire était sur moi on était dans l'herbe et on avait du mal à respirer et il y avait nos rires et les chansons italiennes qui tournaient et tournaient *e questo il fiore del partigiano o bella ciao bella ciao bella ciao ciao ciao e questo il fiore del partigiano morto per la libertà*. Mon père nous regardait, fumait ses Gitanes sans filtre, mon père s'appelait Paolo mais on l'appelait papa qui se souvient du prénom de son père ? Papa s'appelait Paolo la famille venait de Naples, son père était de Naples et lui aussi y avait passé son enfance et quand il disait ça jamais je crois je ne mesurais ce que ça voulait dire et je me foutais de sa gueule, de ses chansons italiennes qu'il chantait en murmurant, les yeux embués, et de sa manière de nous faire taire dès qu'à la télé à la radio on parlait de l'Italie, il s'appelait Paolo qui s'en souvient, il m'appelait Tonio et je n'aimais pas ça je préférais Antoine. Pourquoi je pense à ces conneries, ma mère, mon père et toutes ses manies de vieil Italien, sa vie d'immigré, d'ouvrier du bâtiment ?

Quand je me suis réveillé, il devait être midi, la petite était installée dans le fauteuil. Emmitouflée dans un duvet, elle me fixait et ses bras encerclaient ses genoux. Je lui ai dit bonjour, elle n'a pas répondu. Chef s'est pointé, il a passé la main dans les cheveux de sa fille, a reboutonné le col de son pyjama. Il l'a embrassée et elle a râlé parce que ça piquait.

– Bien dormi ?

– Ça va.

Il avait l'air étrangement gai. Il a poussé mes pieds et s'est assis sur le canapé. J'entendais le gargouillis de la machine à café, l'odeur me donnait la nausée. Dehors c'était plein soleil, une lumière pâle et froide nimbait l'appartement, la moquette beige, le papier peint à motif et les meubles noirs.

– Tu sais hier soir j'ai vu Marie. On a parlé longtemps et c'est décidé, on reprend tout à zéro. Du moins on reprend les choses là où on les a laissées. Enfin on va essayer. On verra bien. Tu vas me dire qu'on refait jamais sa vie, qu'on ne repart jamais à zéro, je sais bien. Je sais bien tout ça et peut-être que ça sert à rien tout ça peut-être que c'est foutu d'avance mais tant pis, on va essayer. Ça pourra pas être pire qu'en ce moment, tu crois pas ?

– Si, Chef, t'as sûrement raison.

– Je vais partir, Antoine. Je veux dire, on va quitter la région parisienne, ça fait partie du plan. On m'a proposé un job dans le Sud, un job d'entraîneur dans un club là-bas. Je m'occuperai surtout des gamins au début et puis on verra pour la suite. On va prendre un appartement, il y aura la mer, ce sera mieux pour les enfants et pour Marie, le climat, la douceur.

– Et tu pars quand ?

– Dans deux semaines. Je sais c'est un peu précipité mais j'ai tout arrangé. J'ai prévenu le club, je vais payer un double loyer pour le mois d'octobre, c'est pas grand-chose, je me débrouillerai. Tu viendras me voir ? Tu pourras descendre quand tu veux, même cet automne. Ça te ferait du bien un peu de vacances, la mer, l'air pur, la verdure. T'as besoin de repos, de calme, ça se voit, tu te verrais, t'as une mine de déterré.

Il s'est levé et m'a rapporté une tasse de café. On l'a bu en silence, Chef regardait par la fenêtre en fumant une cigarette. Il m'a dit que là-bas il y avait des mimosas en plein hiver et qu'on déjeunait dehors jusqu'en décembre.

– Le patron veut te voir, il est furax, va falloir que tu t'achètes un réveil, mon petit, ça commence à bien faire tes conneries.

Je n'ai rien répondu, j'ai monté les marches et je suis entré dans l'église. À l'intérieur, c'étaient des murs blancs et des vitraux abstraits, je détestais ce genre de bâtiments modernes, je détestais les autres aussi d'ailleurs. Les bancs étaient occupés jusqu'au dernier rang, la cérémonie bien avancée. Le prêtre parlait d'une voix mielleuse en effectuant de grands gestes. Je me suis assis au fond, à côté d'une vieille qui se mouchait toutes les deux minutes. D'ici, on voyait le cercueil, je me souvenais très bien, c'est moi qui l'avais vendu aux parents, c'était pour une jeune fille de dix-sept ans. Il avait des poignées dorées et le bois vernis brillait au centre de l'autel. Tout le monde s'est levé, je n'ai pas bougé et ils se sont mis à chanter. L'orgue jouait faux et le prêtre accumulait les fausses notes, je ne comprenais qu'un mot sur deux. Après ça il y a eu un long silence et le prêtre a annoncé qu'il allait passer la parole au frère de la défunte. Le type s'est avancé, il était pâle et rajustait tout le temps ses lunettes. Il avait peut-être vingt ans ou un peu plus et portait un jean bleu et un tee-shirt rouge, avec une grosse étoile jaune au milieu. La vieille s'est tournée vers moi. Il aurait pu s'habiller tout de même, elle a dit. J'ai préféré ne rien répondre. Il semblait hésitant, son regard balayait l'assemblée et on le sentait sur le point de pleurer. Il a fini par prendre la parole et sa voix dans le micro s'est mise à déraper dans tous les sens, montant dans les aigus ou bien changeant de volume, faiblissant jusqu'à devenir un murmure ou un sanglot. Il parlait d'elle, je l'écoutais et ça me touchait profondément, vraiment ça me touchait. J'ai dû sortir, me mordre les joues, ravaler ma salive. La tristesse me gagnait, le désarroi de ce type me contaminait dangereusement, je le sentais et je n'avais pas besoin de ça.

J'ai traversé la rue, je suis allé boire une bière puis une autre. Une fille était là, qui pleurait en regardant l'église et j'ai pensé que peut-être elle connaissait la morte, qu'elle était de la famille, une cousine, une amie ou une camarade de classe. Toujours il y avait lors des enterrements des types ou des filles qui accompagnaient le cortège mais n'entraient pas dans l'église, qui au cimetière ne s'approchaient pas de la fosse. Moi aussi je regardais dehors, les gens commençaient à sortir de l'église, j'ai reconnu la vieille avec son mouchoir. Je ne me suis pas levé. La fille a laissé un peu de monnaie sur la table et je l'ai regardée traverser la rue, se joindre au cortège, légèrement en retrait, le menton caché par le col de sa veste. Ils se sont massés de chaque côté des marches, ils étaient tous dehors maintenant. Les cloches se sont mises à sonner et j'ai vu apparaître André, Bernard et Jacques, ils portaient le cercueil, ça penchait légèrement vers l'arrière, ils ont fait glisser la boîte dans le fourgon. J'ai commandé une troisième bière.

La gare de Lyon était grouillante, sous les panneaux d'affichages se pressaient des filles aux cheveux tressés, elles avaient des sacs à dos énormes, des duvets, des postes de radio portatifs. Elles mangeaient des sandwichs enveloppés dans des feuilles d'aluminium. La bouteille de whisky était glissée dans mon pantalon elle me faisait mal et sous ma veste, ça formait une bosse. J'ai pris un billet, le train partait dans une heure, je me suis assis au pied d'un pilier. Un flic m'a tapoté l'épaule, je somnolais et il a voulu voir mes papiers. Il m'a demandé où j'avais chopé ces hématomes sur la tronche, je lui ai dit que je boxais, il n'a pas réagi, s'est contenté de hocher la tête et m'a rendu mon passeport.

Dans le train, le compartiment était vide et pas éclairé. Je n'ai pas allumé, il faisait nuit et dehors ça s'est mis à défiler, le jaune des lumières intermittentes. Debout dans le couloir, je me collais aux vitres et les corps étaient des ombres qui passaient et me frôlaient parfois, je sentais leur parfum et les seins des filles contre mon dos. L'air m'arrivait par paquets compacts. La fenêtre entrouverte ça faisait un de ces vacarmes, j'écoutais ça, je prenais l'air il m'emplissait, il y avait les lumières et ça me suffisait, j'étais plein de ces choses, mon crâne était plein et mes poumons et mon cerveau.

À Orléans, le train s'est arrêté et des voyageurs sont montés. Certains sont entrés dans mon compartiment, ont installé leurs lits et se sont couchés. Je les ai imités et, allongé dans le noir complet, sur la banquette, j'ai gardé les yeux ouverts et c'était comme dormir sans rêver. Dans la nuit du train, il y avait le bruit des rails et les respirations, à côté de moi ça a bougé, quelqu'un est sorti du compartiment, il y a eu la lumière du couloir et le bruit des portes coulissantes. Le train roulait dans la nuit, il roulait vers le Sud et j'écoutais les respirations.

Je n'ai pas réussi à m'endormir, j'ai marché dans les couloirs et on était plusieurs à fumer fenêtre ouverte. Au bout de la rame trois types buvaient assis sur le sol dégueulasse. Ils avaient écrasé leurs mégots sur le revêtement plastifié. Dehors tout était noir, on ne distinguait rien mais quand même, on sentait que ça défilait. Je suis reparti dans le sens inverse, ça tanguait et je me suis cogné plusieurs fois. Dans un compartiment des gars assez jeunes se passaient une bouteille de rouge et buvaient au goulot. Ils laissaient échapper des rires étouffés et se partageaient les restes d'une pizza. Je leur ai demandé à boire et ils m'ont tendu la bouteille, j'ai avalé trois gorgées ou plus, une fille était assise le dos contre l'échelle et d'ici je voyais ses seins et son soutien-gorge. Elle était jolie, elle me regardait fixement. Je lui ai souri, j'ai repris trois gorgées et je me suis approché d'elle. Un de ses copains s'est levé et m'a dit de me barrer, je ne comprenais pas ce qu'il me voulait, je lui ai dit d'aller se faire foutre, il m'a bousculé et je me suis vautré par terre. Ils se marraient comme des baleines et moi j'étais par terre, j'étais saoul et mon corps pesait des tonnes, j'ai repensé au mariage de ma sœur, je ne voulais pas y aller.

Dans le compartiment ça puait la sueur, les corps endormis. J'essayais de dormir je n'y arrivais pas, le drap glissait, le cuir collait. Je ne tenais pas en place, je suis ressorti et ça a duré toute la nuit, toute la nuit j'ai fait des allers-retours entre la couchette et le couloir et à nouveau j'ai croisé cette fille, celle qui buvait avec les autres, celle qui avait de jolis seins ; je l'ai croisée, l'ai enjambée, elle lisait un bouquin elle faisait une grimace en lisant. Je lui ai demandé si ça lui plaisait elle a répondu que non, l'auteur allait trop loin, elle trouvait que l'auteur allait trop loin c'était indécent. Je lui ai demandé comment c'était possible d'aller trop loin, si par hasard c'était pas le contraire qui était indécent, de ne pas aller au bout quand on écrit, j'ai dit ça je n'en savais rien, j'ai dit pour dire, je tremblais, elle a dû me prendre pour un fou. Son mec s'est pointé, il avait une gueule de fils à papa, une gueule qui passe à la télévision, il m'a demandé ce que je foutais là j'ai rien répondu, je me suis tiré et à nouveau c'était le cuir marron et les coutures, à nouveau sous ma peau le drap rêche et taché qui glissait. Quelqu'un a grogné dans le compartiment, il a grogné parce que je rentrais ça faisait du bruit de la lumière, j'ai dit rendors-toi et il n'a plus rien dit. C'était noir et profond là-dedans, ça puait.

Quand je me suis réveillé il faisait jour, et dans le couloir les gens avaient l'air de somnambules, faisaient la queue pour se passer un peu d'eau sur le visage. Sur le lit d'en face, une grosse bonne femme se réveillait et me regardait de travers, elle a ouvert les rideaux ouvert la fenêtre en disant ça pue ici, ça sent bizarre, vous ne trouvez pas, les autres acquiesçaient et me regardaient, j'ai dit ouais, ça pue c'est la sueur les chaussures les haleines et je suis sorti du compartiment. On ne pouvait pas savoir où on était, c'étaient des forêts des champs des collines qu'on traversait. Parfois il y avait des vaches et des moutons et là-dessus une lumière pâle et hésitante, la lumière du petit matin, d'habitude, je la déteste, cette lumière blafarde et froide, et aussi l'air du petit matin, son parfum âcre et aigu je le déteste d'habitude, mais là non, là, je ne le sentais pas vraiment ou alors trop et la lumière, elle n'était pas mal, un peu triste un peu hivernale mais ça allait bien au final, c'était une lumière détachée et légère et ça m'allait bien le détachement et la froideur, la légèreté, moi qui rêvais d'arbres nus et de gelée sur le parc.

Et puis ça a ralenti, on approchait sûrement, les gens se sont levés ils ont saisi leurs sacs, ont rassemblé leurs affaires.

J'étais debout dans le couloir, le train s'est arrêté. On m'a bousculé et je suis sorti à mon tour. La gare était déserte, je me suis dirigé vers les bus, le mien partait dans trente minutes. Je suis entré dans un café, j'ai commandé un demi.

Le bus était surchauffé. La fille du train était assise devant moi, son mec était plus loin, elle continuait à lire son bouquin, se retournait de temps en temps, me regardait à la dérobée. On a quitté les nationales et bientôt ce furent des vallées encaissées et sombres, des villages sans centre qui s'effilochaient le long de la route. Au-dessus des virages en épingle, des maisons tenaient on se demandait à quoi. C'était bordé de châtaigniers, derrière les murets de protection, on voyait l'abrupt des gorges, les coulées basaltiques et le vert doré des rivières, le soleil dessinait des ombres sur les roches, ciselait les arbres et les feuillages.

L'arrêt était sur la place. Les platanes commençaient à jaunir. Je me suis installé en terrasse. Mes pieds dans le sable traçaient des signaux indéchiffrables. J'ai bu un pastis et le soleil me mordait doucement.

Le gonflement lisse et brillant de l'eau, l'éclat de diamants liquides, les taches de soleil, ma sœur endormie contre moi, nos corps imbriqués et le vacarme d'un tracteur, sur la route en surplomb.

Tout était pareil.

La maison intacte, sa façade austère et la galerie où courait le lierre, un lézard sur le mur. Le long du chemin, en se hissant on apercevait la tonnelle, la table ronde et les fauteuils, c'était jonché de pétales, une bouteille et des verres étaient posés là.

Au cimetière, le sol était couvert d'aiguilles, les morts reposaient à l'ombre des grands pins, ma mère aussi.

Tout était pareil. Gravé à jamais. Ça ne servait à rien de rester là.

Le téléphone a sonné. Il faisait jour et un peu de lumière se faufilait entre les rideaux tirés, traçait un large trait orange sur le mur de la chambre. En tendant la main j'ai heurté une bouteille, elle s'est renversée sur la moquette, laissant une grosse tache sombre aux contours irréguliers. J'ai fini par attraper le combiné, c'était le patron, il avait sa voix des mauvais jours, ce ton sec et froid qu'il adoptait pour m'engueuler. J'avais la bouche pâteuse, j'ai à peine pu dire allô, je l'ai écouté me dire Antoine, il faut qu'on se parle, c'est quoi ce bordel, ça fait trois jours qu'on ne t'a pas vu, tu n'as prévenu personne, il faut régler ça au plus vite, j'espère que tu auras des explications solides à m'apporter. Je lui ai dit que j'arrivais et il a raccroché. J'ai regardé autour de moi, je n'avais aucune idée de l'heure. Mon chat s'est étiré et a sauté sur mon ventre, il s'est mis à ronronner et s'est endormi. Je l'ai laissé faire et j'ai fermé les yeux. Ça valsait là-dedans, ça tanguait ferme, mon Dieu comme ça tanguait, j'avais l'impression d'être sur l'eau.

Quand je me suis réveillé, il pleuvait. J'ai allumé le téléviseur et c'étaient les informations de treize heures. Sur l'écran des chars avançaient, traversaient des villes en ruine, j'ai éteint et tout est redevenu gris. J'ai approché ma main à la surface, un voile électrostatique a caressé mes doigts en douceur. De l'autre côté des rideaux, la lumière était crasseuse et humide, je préférais ne pas voir ça, j'ai allumé la guirlande électrique et la lampe en papier de Chine. Le répondeur clignotait, toujours les mêmes quatre messages, je les avais reçus hier ou avant-hier, il y en avait un du boulot, un de Chef et deux de Su. Tout le monde s'inquiétait. J'ai enfilé un jean et fini la bouteille de vodka. Dehors c'était luisant et boueux, les trains freinaient en crissant, les premières feuilles jonchaient les trottoirs, elles étaient jaunes et trempées, se déchiraient en une charpie mouillée, comme du papier qu'on aurait longuement mâché, qui aurait absorbé la salive.

Sur mon bureau traînaient des enveloppes, le planning de la semaine, un Post-it avec griffonnés dessus les noms de personnes à rappeler. Je n'ai pas frappé, je suis entré et le patron était au téléphone, il rigolait et devant lui étaient posés un sandwich entamé et une tasse de café. Il m'a fait signe d'attendre mais je n'en avais rien à foutre, je lui ai demandé où était mon putain de chèque, il a raccroché et m'a demandé de quel chèque je parlais.

– Le mois que vous me devez, le mois que je viens de faire.

– Eh bien tu l'auras le 31, comme tous les mois, qu'est-ce qui te prend, Antoine ?

– Je veux mon chèque c'est tout. Je me barre de cette boîte, j'ai travaillé un mois depuis le dernier chèque, je veux que vous me payiez ce dernier mois.

– Comment ça tu te barres ?

– Ben ouais, je me barre, j'arrête, je démissionne.

– Mais qu'est-ce que tu crois, Antoine, c'est pas si simple, on se barre pas d'une entreprise sans prévenir, d'un seul coup, je te signale que la convention collective prévoit un préavis de deux mois, qu'est-ce que tu crois, moi faut que je puisse me retourner, faut que je te trouve un remplaçant faut que tu le formes et que tu lui passes les dossiers.

– Arrêtez vos conneries. Je me tire de cette boîte, vous me devez un mois de salaire, point barre. Faites-moi mon chèque, j'ai bossé pour cet argent, j'ai bossé pour vous alors vous me payez, le reste c'est du vent.

– Écoutez, Antoine, envoyez-moi votre lettre de démission et je prendrai acte de votre départ. Après ça il vous restera deux mois à effectuer ici et vous serez libre. Pour le mois de septembre, vous aurez votre chèque lundi, comme tous les mois, maintenant sortez, vous commencez à m'emmerder.

J'ai pris le cutter qui traînait sur son bureau j'ai sorti la lame et je me suis approché, jamais je n'avais remarqué à quel point ce type suait et suintait. Il a passé sa main sur son crâne dégarni, sa cravate serrait son gros cou rouge, j'ai pensé à un phacochère et il m'a dit du calme Antoine ne faites pas de conneries, on ne va pas s'énerver pour si peu. Il a sorti son chéquier du tiroir et m'a demandé combien je voulais.

– Ce que vous me devez. Un mois moins trois jours.

– Bon, on ne va pas chipoter, je te paie un mois normal, tu sors et je ne veux plus te voir.

Sa main tremblait, il soufflait. Derrière lui, le store était tiré mais on voyait entre les lattes le dépôt de bus et les chauffeurs qui parlaient en tirant sur leurs clopes. Il m'a tendu le chèque, je l'ai mis directement dans la poche arrière de mon jean, sans même vérifier la somme.

Dehors il faisait beau, comme si les nuages et toute cette merde humide avaient disparu d'un seul coup, le ciel était bleu pâle et la lumière arrosait, tout semblait neuf, on aurait dit que la ville avait été frottée au papier de verre, ensablée puis dessablée, récurée et débarrassée de ses peaux mortes. Avant de prendre le RER, j'ai acheté une bouteille de Label Five chez l'Arabe, j'en ai bu une gorgée sous le soleil, en longeant le lac artificiel. Du bout du pied j'ai poussé des cailloux dans l'eau. À la banque, j'ai déposé mon chèque, je ne me sentais ni riche ni pauvre, j'ai pensé que j'avais de quoi acheter un cadeau de mariage pour Claire et tenir un bon mois.

Quand je suis arrivé, Chef a regardé sa montre, il a eu l'air étonné de me voir. Je suis allé me changer. Dans les vestiaires, ça sentait le détergent, une fille récurait les chiottes, elle portait une blouse rose et un foulard bleu. J'ai fini ma flasque et je lui ai tendu, elle l'a mise dans sa poubelle en secouant la tête. J'ai bandé mes mains, enfilé mes gants, envoyé deux ou trois coups dans le vide. Je n'étais pas en état, je le savais bien.

Je bougeais les épaules et les bras pour me réchauffer, j'étais bourré de courbatures, rouillé, grippé. Le soleil entrait par la verrière, inondait les rings où des types s'entraînaient. Tous les sacs étaient pris, je me suis dirigé vers Chef, il avait l'air occupé, passait de gamin en gamin et s'attardait sur chacun, rectifiant leurs gestes d'un mot ou d'un signe de tête. Il ne devait pas me voir ou bien il était trop absorbé ou alors il faisait semblant, mais il ne m'a pas adressé un regard. Je me suis éloigné. Un des rings était vide, je suis monté et le projecteur me tombait dessus, dessinait sur le sol une ombre longue et tremblante.

Karim s'est pointé, j'espérais vaguement qu'il ne m'en voudrait pas pour l'autre jour, qu'il viendrait me serrer la main mais il s'est contenté de me fixer un long moment de ce regard incroyablement dur et froid, il s'est contenté de me lancer ce regard-là, il a craché dans ma direction et a lâché trois mots en arabe.

Je me suis assis dans un coin du ring et j'ai attendu, Chef me regardait, je me demandais quand il se déciderait à venir me voir. J'attendais là et j'aurais pu rester des plombes adossé aux cordes épaisses, avec mes gants au bout des bras, les yeux fermés à écouter les cris et les soupirs, l'impact du cuir sur la peau, du cuir contre le cuir des sacs de sable. En ouvrant à peine, entre mes cils et la barre orangée de la paupière, je voyais les armatures de métal, elles étaient rouges et sur la verrière on apercevait les oiseaux. J'ai hurlé son nom et il a fini par venir. Je l'ai regardé marcher, son bonnet à la main, jetant des coups d'œil autour de lui.

– Rentre chez toi, Antoine, t'as vu ton état, tu marches à peine droit, qu'est-ce que tu fais avec des gants de boxe ?

– Ça va, Chef, je suis un peu crevé mais j'ai envie de m'entraîner.

– Arrête tes conneries. Je te préviens, le combat de demain, c'est annulé, je vais appeler les organisateurs et leur dire que tu ne viens pas, que tu es malade.

– Fais pas ça, Chef, ce combat, je veux le faire, je serai prêt. Je suis un peu crevé mais demain ça ira mieux, je vais courir, je vais me reposer je serai d'attaque, Chef.

– Ouais… Écoute je te laisse une chance, on verra ça demain, on verra bien dans quel état tu seras. En attendant, tu rentres chez toi, tu te reposes et tu ne bois pas une goutte d'alcool, tu m'entends, sinon demain tu ne montes pas, je te préviens.

– Arrête tes leçons, Chef, je te dis que je serai prêt.

Dans les vestiaires j'ai pris une douche, l'eau était lourde et tout mon corps semblait peser dans mes jambes, dans ma poitrine et sur mes paupières. Je me suis séché lentement, mes vêtements étaient moites et humides. Allongé sur le banc, j'ai fixé le plafond en respirant profondément. Ça s'écaillait drôlement et sur les tuyaux circulaient des gouttes d'eau. Je me suis endormi là, les doigts croisés sur la poitrine, les bras repliés.

Su n'était pas dans le restaurant. Je me suis assis au fond de la salle. La télévision était suspendue, diffusait des clips en boucle, les filles étaient vêtues de blanc et évaporées sous leurs ombrelles. Tout le monde me regardait. La serveuse s'est approchée et m'a dit qu'il valait mieux que je m'en aille. Je n'ai pas compris pourquoi elle me disait ça, je lui ai demandé de m'apporter une soupe. Il n'y avait pas beaucoup de monde. Les parents de Su devaient être en cuisine, dans un coin mangeaient des types que j'avais croisés chez elle l'autre soir, ses frères et ses cousins, ils parlaient en faisant des gestes, certains me pointaient. La serveuse a posé le bol devant moi, j'ai ôté le couvercle et la vapeur est venue me lécher le visage. J'avais chaud et c'était bon, les raviolis me brûlaient les lèvres et la bouche, la bière et la musique me berçaient doucement. Entre deux cuillers je regardais les tableaux sur le mur, l'eau scintillait et tremblait, c'étaient des cascades au milieu de montagnes verdoyantes, de grandes prairies. Des guirlandes de Noël allaient de cadre en cadre, oubliées de l'an passé ou trop en avance et finissaient enroulées autour d'une main de bouddha et sur l'oreille d'un gros chat en porcelaine. Un des types s'est approché de moi. Sur son front perlait un peu de sueur, il portait un costume noir et ressemblait vaguement à Su. J'ai fini de mastiquer mes légumes avant de relever la tête. Sous le tissu léger de sa chemise on devinait un marcel, ses cheveux étaient impeccablement coiffés, entre ses lèvres achevait de se consumer une cigarette sans filtre. Il m'a fixé et m'a dit sans quitter son mégot qu'il ne voulait plus me voir avec Su. Je n'ai pas répondu, j'ai baissé les yeux et j'ai attrapé un ravioli translucide qui flottait dans le bouillon. Le type est sorti, suivi par ses cousins ou ses frères. Quand ils ont ouvert la porte le froid s'est engouffré, le vent soufflait par bourrasques.

Une vieille Chinoise est entrée et je l'ai suivi, elle m'a regardé bizarrement, je lui ai dit que j'allais voir une amie et que j'avais oublié le code, elle a hoché la tête sans me quitter des yeux. J'ai frappé et Su m'a ouvert.

– Antoine, qu'est-ce que tu fais là ?

– Ben je viens te voir

– Où t'étais ? Je t'ai appelé plein de fois ça ne répondait pas, je suis allé chez toi tout était fermé et Chef ne savait pas non plus, qu'est-ce que tu foutais ?

– Je suis allé faire un tour, prendre l'air. C'est tout.

– Pourquoi tu ne m'as pas appelée, pourquoi tu ne m'as pas prévenue, je voulais te voir.

Elle s'est retournée et a prononcé plusieurs mots en vietnamien, c'était son père ou quelqu'un d'autre. Le petit est arrivé, il suçait son pouce et tenait un chiffon blanc dans sa main. Il s'est lové contre la cuisse de Su, a agrippé sa jupe. On entendait la télévision à pleins tubes, de la cuisine s'échappaient des parfums de viande et d'épices. Je regardais Su et elle était belle, ses lèvres à peine maquillées et ses yeux si noirs, ses jambes incroyablement lisses et blanches. Je me suis approché d'elle et j'ai voulu l'embrasser. Elle a eu un geste de recul et m'a dit pas ici. Je l'ai attendue quelques instants sur le palier et nous sommes sortis. Elle avait passé un long manteau noir et dans l'ascenseur sa langue fouillait ma bouche et mes mains sous le tissu de sa jupe. Nous avons marché sous les galeries, les guirlandes multicolores et les lampions rouges étaient allumés, Su soufflait dans le creux de ses mains pour les réchauffer, ça faisait de la vapeur devant son visage. Puis elle a allumé une cigarette d'un geste gracieux, a tiré une bouffée en regardant vers le ciel étrangement pâle, un peu laiteux. Sa main libre tenait la mienne.

– C'est là.

Elle a sonné, une voix pointue a répondu. Les escaliers étaient sales et couverts d'inscriptions, d'idéogrammes et de dessins. Su montait devant moi et j'observais ses chevilles, un rien les aurait brisées. La porte était entrouverte, Su l'a poussée et dans l'appartement surchauffé, les murs étaient tapissés d'affiches représentants des chanteurs vietnamiens. Une fille s'est pointée et m'a salué d'un mouvement de tête. Elle mâchait un chewing-gum et ses paupières étaient peintes en vert. Elle nous a indiqué la chambre et s'est rassise dans son canapé, s'est allumé une cigarette et a ramené ses jambes et ses pieds contre ses fesses. La télévision diffusait des variétés françaises.

Su était agenouillée sur le lit et j'étais debout. Elle a glissé sa tête sous mon tee-shirt et s'est mise à embrasser mon ventre et mon torse. Ses mains ont défait ma ceinture et mon pantalon est tombé sur mes pieds, puis mon caleçon. Je me suis allongée et elle s'est assise sur moi. Elle avait gardé sa jupe et j'ai déboutonné son chemisier, j'ai embrassé son cou et sa bouche puis je me suis laissé retomber et j'ai fermé les yeux. Quand je les ai rouverts ses mains s'affairaient dans son dos, les bretelles ont glissé le long de ses bras et mes doigts suivaient les contours des aréoles. J'ai fermé les yeux et j'ai senti son sexe se refermer doucement sur ma queue tendue, l'envelopper et soudain c'était mon corps entier qui baignait dans la douceur humide de Su, dans sa peau caressante et lisse.

– Antoine, je suis enceinte.

Su était nue sur le lit, allongée sur le ventre et son cul était plein dans ma paume. Je n'ai pas demandé de qui, je le savais bien.

– Ma famille est au courant. Ils ne veulent plus que je te voie, mon frère a dit qu'il te tuait si on continuait à se fréquenter.

– Il me l'a dit aussi.

– Tu l'as vu ?

– Tout à l'heure au restaurant.

– Qu'est-ce que tu comptes faire ?

– Qu'est-ce que tu veux que je fasse ?

– Je ne sais pas. Mais moi je veux garder le bébé. Et je voudrais, enfin si toi tu veux, que tu sois un père pour lui.

Je ne savais pas quoi répondre, tout ça me paraissait tellement irréel, comment pouvais-je être le père de qui que ce soit. Comment cela pouvait-il arriver. Je suis allé à la fenêtre et j'ai allumé une cigarette. Su est arrivée dans mon dos, je sentais ses seins et le haut de ses cuisses. Ses mains jouaient avec mon sexe tandis qu'elle couvrait mes épaules de petits baisers très doux et précis. Je me suis retourné et j'ai pris sa bouche à pleine bouche. J'avançais vers le mur et je l'ai collée là, mes mains ont pris ses fesses et je l'ai soulevée, son souffle s'est accéléré et je suis entré, j'ai senti ses dents dans ma peau et ses yeux se fermaient à chaque à-coup.

J'essayais de ne pas trembler, j'essayais de me tenir bien droit et d'avoir l'air frais, j'avais picolé toute la journée, toute la journée à vider des verres en pensant à Su, à notre fils, je répétais ça mon fils, mon fils, et décidément ça ne voulait rien dire.

Je ne voulais pas que Chef voit dans quel état j'étais, je voulais boxer, je voulais enfiler les gants sentir la chaleur et le bruissement, sentir mes muscles ne plus penser surtout ne plus penser, être un corps en mouvement, être une mécanique et des gestes. Les vestiaires étaient séparés par des murs de béton, les douches fuyaient et il y avait juste un lavabo et un banc. Chef s'est absenté deux minutes, il allait voir l'arbitre et j'ai dû m'allonger un peu. Ma main traînait sur le ciment et j'ai fermé les yeux pour ne pas être ébloui par la lumière que diffusait l'ampoule au plafond. J'ai entendu un truc gratter le mur, je me suis relevé et j'ai aperçu une souris, elle a filé vers la salle. Chef est réapparu, il semblait soucieux.

– Tu es sûr que tu es en état de monter. En face c'est pas un clown je te préviens. Il est à ta portée mais il faut que tu sois au maximum.

– C'est bon, Chef. Je te dis que c'est bon.

– Je te préviens, à la moindre alerte, je demande l'arrêt du combat.

– Je te dis que ça va.

J'ai enlevé mon peignoir et Chef m'a aidé à enfiler les gants. J'ai exécuté de lents mouvements de tête, des mouvements circulaires pour détendre la nuque, assouplir les épaules, relâcher tout ça. Chef m'observait en mâchant son chewing-gum. Il m'a dit on y va et on s'est dirigés vers la salle. Je baissais la tête, j'essayais de me concentrer, j'étais sûr que tout allait bien se passer, que tout allait revenir, que les tremblements, le coton dans les jambes, tout ça ça s'arrêterait, j'en étais sûr.

Le speaker a prononcé mon nom et les projecteurs se sont braqués sur le ring, je suis monté, je me déplaçais à petites foulées, j'étais liquide, je ne sentais rien, je contractais mes jambes pour éviter qu'elles ne tremblent et j'étais au bord de la crampe. Le type est venu me saluer, il avait l'air confiant, il me regardait dans les yeux et la lumière soulignait chacun de ses muscles. L'arbitre a annoncé que le combat allait commencer et je me suis placé dans mon coin, je me tenais aux cordes et je fermais les yeux. Chef m'a demandé si ça allait, je l'ai rassuré. La sonnerie a retenti, j'ai refermé les yeux, j'ai essayé de sentir chaque parcelle de mon corps et quand je les ai rouverts c'était pire encore, ça valsait. Je me suis avancé vers le centre du ring et le type s'est mis à me tourner autour. J'ai gardé mes mains à hauteur du visage, j'ai essayé de bouger un peu et ça m'a pris au mollet droit, une crampe qui serrait comme un étau, j'ai failli tomber et le type m'a frappé au ventre, j'ai essayé de répondre comme je pouvais et c'était comme si mes bras étaient désarticulés, j'ai frappé dans le vide et j'ai perdu l'équilibre. Quand j'ai posé une main à terre, j'ai vu le visage de Chef, il disait qu'on allait arrêter. Je me suis relevé.

L'arbitre nous maintenait à distance, il posait ses mains sur nos poitrines, le type était détendu j'ai vu dans son regard qu'il était sûr de lui qu'il savait que ce serait facile, l'arbitre s'est retiré, j'ai pris deux crochets en plein visage, il a enchaîné au foie, deux directs, un uppercut pour finir et dans ma bouche c'était le goût du sang et dans mes yeux c'était du rouge, il a frappé trois ou quatre fois et le sang coulait dans mes yeux, j'avais la bouche remplie d'un liquide salé et épais, je me suis écroulé, je pesais des tonnes, j'avais la joue contre le revêtement, Chef est monté sur le ring. J'ai vu son visage se pencher sur le mien, il m'a relevé, m'a mis sur le tabouret, je ne tenais pas assis, il a tamponné mon front, mes yeux et mes tempes, je ne sentais pas la douleur ni ses mains, je ne sentais plus rien, je n'entendais plus sa voix.

À l'hôpital ils m'ont fait des radios, un interne est venu me recoudre l'arcade, j'avais un pansement énorme et ils m'ont dit qu'ils préféraient me garder un peu. Dans la chambre il y avait un autre lit, un gamin dormait, il devait être asthmatique, j'entendais sa respiration empêchée et parfois ça sifflait drôlement. Je n'arrivais pas à dormir, je suis sorti dans les couloirs et tout mon corps était douloureux. Dehors c'était comme dans un rêve de sortir en pyjama et mon blouson pardessus, il n'y avait personne et je regardais les grosses boules blanches des lampadaires allumés et la pelouse d'un vert profond, comme de l'herbe artificielle. En face des grilles, à la sortie du parc, un café était encore ouvert. Je suis entré et tout le monde me regardait drôlement, mon pantalon était en coton bleu pâle, il flottait et j'ai demandé une bière puis une autre et puis deux autres. Au comptoir ils parlaient fort et débitaient des conneries, qu'est-ce qu'ils faisaient là à cette heure ces types, je me suis toujours demandé ça, ce qu'ils faisaient aussi tard aux comptoirs des cafés avec leurs mains tremblantes et leurs mégots coincés entre les dents, leurs pieds et le bas de leurs pantalons dans la sciure et jamais j'ai compris pourquoi il y avait ça dans les cafés, cette sciure sur le carrelage partout et les sachets de sucre, les mégots et la cendre. J'ai siroté mes bières et j'ai senti des larmes couler sur mon visage. C'était rien, juste la fatigue. Entre mes dents, je me disais ça, je me disais c'est rien c'est la fatigue. Tout allait bien, j'étais dans un café à pleurer en pyjama, tout allait bien, c'est rien, la fatigue, Su et mon fils, ma sœur qui se mariait, Chef qui allait disparaître et tous ces corps dans des boîtes, accumulés depuis des lustres. C'est rien, c'est les nerfs, la fatigue et ma mère, c'était pareil, j'avais quinze ans et ils l'avaient mise dans une boîte, je me souviens de mon père ce jour-là, de sa fatigue et de sa voix étranglée et aussi des voisins et de la famille, le cimetière n'était pas loin de la maison, on traversait la départementale et la route était bordée par les prairies, elle montait vers le hameau, le cimetière était là-haut, des statues y figuraient un calvaire, c'était planté de grands sapins. L'été il y avait plein de mouches et le sol était couvert d'aiguilles. La nuit on pouvait guetter les étoiles filantes, on y allait avec les copains, on prenait les vélos, certains avaient des mobylettes, ils n'allaient pas vite, on roulait derrière eux, on longeait le cimetière et on entrait, on passait par-dessus le mur, on avait des torches et on se marrait en lisant les noms.

Ma mère on l'a mise dans une boîte, j'avais quinze ans et j'ai vu la boîte s'enfoncer dans la terre. À l'église il y avait le visage ravagé de mon père, mon frère se tenait en retrait, ma sœur et moi on se serrait. Le prêtre parlait d'elle, au nom de quoi il faisait ça, au nom de quoi il se permettait de raconter sa vie, de dire sa discrétion et son dévouement, sa foi catholique et son sens du sacrifice. Je pense à ces conneries, je bois ma bière et c'est rien c'est la fatigue. Au cimetière, mon frère avait son air de reproche, et sa voix pâteuse et sa voix molle qui me donnaient envie de vomir et cette manière qu'il avait d'être froid et distant, de ne pas toucher mon père et de reprocher à Claire de ne pas être venue à la mise en terre, déjà la cérémonie elle n'avait pas supportée, elle avait dû sortir de l'église, alors la boîte qu'on mettait dans la fosse c'était trop dur, je comprends ça, ce n'est pas difficile à comprendre. Elle a eu raison ma sœur, elle a eu raison de s'épargner ça, de ne pas s'infliger un truc pareil, elle avait quatorze ans à peine. Mon frère avait son air outré des convenances pas respectées, des codes et des rites, mon frère est venu me parler il m'a demandé ce que faisait Claire et je n'ai pas répondu j'ai tourné le dos, j'ai marché entre les tombes, j'ai regardé mes oncles, ils transpiraient dans leurs costumes serrés et leurs cravates et leurs godasses vernies et mes tantes, un peu gauches, pas toutes, certaines élégantes décomposées et puis mon père si fatigué. Avant, ils avaient voulu boire un coup pour se donner du courage, on avait envahi le café des Alpes, ils avaient bu des pressions ou bien des petits blancs, il y avait un drôle de silence et personne n'osait se regarder.

J'ai fini par payer et je suis sorti. J'ai acheté une flasque de rhum, ça brûlait l'intérieur, ça me râpait les poumons, j'ai demandé une cigarette à un type. Dans les vitrines je me suis regardé et sur mon visage il y avait ce pansement et du sang séché. Le ciel gris foncé prenait par endroits des teintes roses ou mauves. J'ai marché et je voyais des lumières, je sentais l'air sur ma peau, j'avais envie de mourir, c'était une envie violente. J'ai marché encore, la place était carrée devant l'église, la fontaine et les lumières dans les arbres. Je me suis allongé sur un banc, j'ai fermé les yeux et tout se bousculait, ma mère et mon père morts et mon sale con de frère et ma sœur, et cet enfant, Su, toutes ces conneries, je pensais à tout ça, la lune était pleine et blanche, il y avait le bruit de l'eau et quelques automobiles. Des gens passaient, ils étaient gais et parlaient fort. J'avais des mouches plein le cerveau.

La vendeuse me regardait d'un air suspicieux. Je ne me sentais pas à mon aise dans cette boutique de bijoux. Je regardais les vitrines, j'étais le seul client, la vendeuse avait les cheveux teints et portait un tailleur bleu marine. Je tâtais dans ma poche la liasse de billets, j'avais fait un retrait juste avant, j'avais tout retiré, tout ce qui me restait une fois le loyer payé. Su m'avait dit que ce serait un peu juste mais on ne savait jamais, ça pourrait suffire. J'ai regardé les colliers, les bagues dorées, les bracelets les boucles d'oreilles, je trouvais tous ces trucs très laids, je me disais que ce n'était pas pour elle. Pour Su j'aurais plutôt vu de grands colliers indiens, avec des pierres en toc de toutes les couleurs, des dorures et des motifs, des triples bracelets, de fines chaînettes argentées que j'aurais passées à ses chevilles. J'ai choisi une parure assez sobre, le prix était dans mes moyens, j'ai fait emballer le tout et je suis sorti. Su m'a pris le bras et nous avons marché jusque chez elle.

Je me suis installé dans le canapé, il était couvert d'un tissu rouge imprimé, des grosses fleurs cramoisies, des feuilles de cerisiers et des oiseaux. Ça brillait de mille feux et Su était près de moi. Il y avait du thé sur la table basse. Sa mère s'est agenouillée pour nous servir. Elle avait revêtu une robe, d'un vert profond et brodée. Son père fixait mon pansement et le gonflement bleu au-dessus de l'œil droit. Il s'est mis à parler en vietnamien, Su traduisait, elle était près de moi, elle avait l'air d'une petite fille très sage et timide.

– Mon père veut savoir si tu as un bon métier, si tu gagnes de l'argent.

J'ai répondu que non, pas en ce moment, mais ça n'allait pas tarder, mon beau-frère avait du travail à me proposer dans son domaine, tout serait réglé à la naissance du bébé. Le vieux a hoché la tête, je ne savais pas trop ce que ça voulait dire. Devant les fenêtres s'alignaient toutes sortes de plantes exotiques et grasses. J'ai sorti les bijoux, j'ai offert la bague et les boucles d'oreilles à Su, le bracelet et le collier à sa mère. La vieille les a regardés de très près et très lentement, elle portait des tas de bijoux, d'un tout autre genre, ses boucles d'oreilles étaient impressionnantes et composées de fausses pierres multicolores, puis elle a prononcé quelques mots.

– Elle te remercie.

L'appartement était surchauffé et humide, un balcon minuscule donnait sur la dalle et sur d'autres tours. Le vieux a bu un peu de thé. J'ai demandé à Su s'il fallait leur faire un genre de déclaration, et j'ai annoncé à ses parents que je la demandais en mariage. Su a traduit et ils n'ont eu aucune réaction, j'ai fini ma tasse de thé et la mère m'a immédiatement resservi. Le vieux s'est mis à marmonner.

– Il veut savoir ce que font tes parents, qui ils sont d'où ils viennent.

J'ai dit qu'ils étaient morts, qu'avant mon père était ouvrier dans le bâtiment, que sa famille venait de Naples, que ma mère était secrétaire comptable pour une entreprise de plomberie et qu'on avait vécu en Ardèche avec ma sœur et mon frère jusqu'à mes dix-sept ans. À nouveau, il a hoché la tête bizarrement. Puis il s'est levé et a quitté la pièce. Su m'a dit que c'était fini, qu'il fallait dire au revoir à sa mère et repartir.

Dans le miroir de l'ascenseur, j'ai regardé mon visage, j'ai ôté le pansement et la cicatrice était violette et gonflée, on voyait les fils. J'ai approché mon doigt et c'était comme une poche d'eau, j'ai appuyé et j'ai eu l'impression de prendre une décharge dans l'œil et le cerveau. Entre les tours ça grouillait de gens aux trajectoires multiples et contradictoires. Je suis entré dans un bar et j'ai demandé un whisky. J'ai payé en fouillant dans les billets restants. Il devait y avoir deux ou trois mille francs. C'était beaucoup et peu à la fois. J'ai pensé au cadeau de mariage de Claire, je n'avais encore rien acheté.

Chez moi, les volets étaient fermés, je ne les ai pas ouverts. Un avis de recommandé traînait au fond de la boîte aux lettres. J'ai pensé à mon patron, je l'avais menacé et c'était bien son genre d'aller porter plainte. J'ai bu trois grandes rasades de whisky mais ça n'a pas suffi, je sentais la panique me gagner, j'ai décroché le téléphone, j'ai composé le numéro de Claire et ça a sonné dans le vide. J'ai appelé Chef, je suis tombé sur Marie, elle m'a dit qu'il était au gymnase, que je pouvais l'appeler sur son portable. J'ai raccroché et je me suis dit que je ferais mieux de dormir, que j'avais besoin de sommeil que sûrement c'était pour ça que ça me rendait si fébrile cette histoire. Je me suis allongé sur le canapé, j'ai attrapé une couverture et je me suis roulé en boule. J'entendais les trains s'arrêter et repartir. Sur le buffet, le soleil avait tourné et ma sœur avait la tête en bas. Je voyais là-haut au sommet mon père qui se penchait vers moi, nos visages se touchaient presque, c'est fou comme on se ressemble lui et moi sur cette photo, comme on est proches et tous les deux souriants, sa main gauche est posée sur mon épaule, je suis attablé et il se penche pour mettre son visage au niveau du mien. J'ai pensé à cette ressemblance et j'ai refermé les yeux.

Le téléphone a sonné, c'était Su, elle appelait d'une cabine, elle était en larmes et avait du mal à parler. J'ai tout de suite compris de quoi il retournait. Ses parents avaient rendu leur verdict. Ils n'avaient pas confiance et refusaient qu'on se marie. Je lui ai demandé ce qu'elle comptait faire pour le bébé. Elle n'a pas répondu, m'a dit qu'elle devait me laisser et j'ai compris qu'elle avait raccroché.

Mon tee-shirt était taché, j'ai boutonné ma veste mais ça se voyait quand même. Je suis sorti de la poste. Je me suis regardé dans le reflet d'une vitre, j'avais une mine atroce. J'ai rangé la lettre dans ma poche. Je l'avais lue en vitesse, je savais ce qu'elle contenait, avant même de l'ouvrir. J'étais convoqué au commissariat mardi prochain à neuf heures. Une plainte avait été déposée.

Les stations défilaient et j'ai repensé au patron, au cutter que j'avais placé sous sa gorge, qu'est-ce qui m'avait pris ? J'ai pensé qu'on me collerait une amende, qu'il me faudrait répondre à des questions, tout ça me rendait dingue, j'essayais de m'imaginer face à ce flic dans un bureau gris aux armoires gondolées, aux effluves de café soluble, j'imaginais le ton qu'il prendrait pour me parler, les questions qu'il me poserait et comment ma gorge me serrerait. Je faisais et refaisais les comptes et je me disais qu'avec le cadeau que j'avais acheté pour Claire, il ne me restait rien ou presque, de quoi tenir quelques semaines, sûrement pas de quoi payer un avocat et des dommages et intérêts à mon patron. Où j'allais trouver le pognon, je n'en savais rien. Je n'avais même pas de quoi payer mon loyer.

Sur le parking plein à craquer, des types en costume trois-pièces sortaient des voitures impeccables. Des rubans blancs et roses s'accrochaient aux antennes et les gamins endimanchés se faisaient gronder par leurs mères. La mairie était un bâtiment cubique au toit recouvert d'ardoises. Les murs avaient été peints en rose pâle. Ça rendait un drôle d'effet carton pâte. Derrière s'étendait un bout de pelouse et des graviers où des hommes à moustaches jouaient aux boules. J'ai aperçu mon frère et sa femme s'est éloignée dès qu'elle m'a vu. Il m'a serré la main et j'ai approché mon visage pour rien, jamais jusque-là je ne lui avais serré la main. C'était mon frère quand même. Il s'est reculé et s'est mis à me détailler, on aurait dit un militaire qui passait ses troupes en revue. Il s'est attardé sur mon œil gonflé de bleu, sur mon visage déformé. Il s'est approché à nouveau et m'a dit que je sentais l'alcool. J'ai répondu que c'était normal vu que j'en avais bu.

– T'aurais pu t'habiller…

– Je suis pas à poil que je sache.

– Fais pas le con, Antoine, t'aurais pu enfiler un costume.

– J'en ai qu'un et c'est pour les enterrements.

– T'as vraiment une gueule de déterré.

– Et toi t'as vraiment une gueule de con.

J'ai dit ça je n'aurais pas dû, c'était sorti tout seul, je n'aurais pas dû mais je le pensais au fond. Mon frère avait une gueule de con et on n'y pouvait rien. Il a tendu son bras vers moi et m'a saisi la mâchoire. Il a serré comme un taré, mes joues à l'intérieur de ma bouche se sont touchées. Il tremblait et dans son cou je pouvais voir ses veines qui gonflaient. Il a craché qu'il ne voulait plus me voir, que je lui faisais honte, que papa et maman auraient honte s'ils me voyaient. Il était hors de lui et j'avais un mal de chien. Je l'ai repoussé brusquement, j'ai rien calculé, je lui ai mis un direct au foie et il s'est plié en deux, il a poussé un râle, il a craché ses poumons, je lui en ai remis un deuxième et il a posé un genou à terre. Il avait le souffle coupé, son grand corps cassé et il toussait. Je me suis tiré et il aurait pu crever, j'en avais rien à branler.

Dans la salle des mariages, il y avait de la moquette aux murs, une moquette beige et horrible et devant les fenêtres alignées, un grand bureau ovale en acajou, des fauteuils aux dos arrondis et recouverts de velours. La plupart des chaises étaient occupées, je ne connaissais personne, les femmes portaient des chapeaux et des voiles, les hommes des costumes sombres et élégants, je me suis assis au fond près d'une fille en tailleur rose bonbon. Elle n'arrêtait pas de me regarder en biais en prenant des mines dégoûtées. Le maire est entré, suivi d'une grosse femme, lui aussi était gros, avec un regard rieur, et son costume était barré par une écharpe tricolore. Je suppose qu'on aurait pu dire de lui qu'il était jovial. La jovialité c'est un truc qui me fait gerber. Il a disposé des papiers sur le bureau et tout le monde a fini par s'installer, ça chuchotait, ça rigolait dans tous les coins. Ça n'arrêtait pas de s'adresser des signes et de grands sourires. Et puis tout s'est tu, il y a eu une chanson et ça m'a foutu les larmes, cette putain de chanson, sûrement, c'est Claire qui avait choisi, une chanson italienne que papa écoutait toujours. Tout le monde s'est retourné vers la porte à battants et elle est arrivée, le père de Pierre la tenait par le bras, elle a traversé la pièce, s'est postée devant le maire, ses mains étaient croisées sur le bas de son ventre, elle portait une robe rouge et un manteau de tissu transparent. Ses cheveux étaient retenus en une drôle de coiffure où elle avait glissé des genres de branchages et des petites fleurs. Elle était belle à en crever, rayonnante. On voyait ses épaules fines et lisses, ses clavicules en verre. La musique s'est arrêtée et Pierre est apparu, sa veste noire tranchait sur sa chemise blanche et son col ouvert sur sa peau. Il a rejoint Claire. Le maire les a priés de s'asseoir. Je suis sorti fumer une cigarette.

J'ai trouvé un banc, je me suis assis et j'ai attendu que ça finisse. J'écrasais mes mégots dans les bacs à fleurs où fanaient des géraniums. Ça a duré une vingtaine de minutes, pas plus. J'en étais à ma quatrième clope quand ils sont sortis. Ils ont formé une haie d'honneur, armé les appareils photos et au passage de Claire et Pierre ce fut une pluie de pétales et de grains de riz, de papillons de soie et de tortellinis, en hommage aux origines italiennes de ma sœur je suppose.

Les tables en quinconce étaient couvertes de cartons avec le nom des invités, devant chaque assiette il y avait un menu et sur la couverture on lisait Claire et Pierre calligraphiés et emmêlés. Sous les lampions suspendus, entre les tables et sur le parquet de la piste de danse, les gamins couraient. Les mariés sont arrivés, tout le monde s'est précipité et ma sœur souriait. Au moment des plats je me suis tiré, je n'avais pas faim et je ne supportais plus tout ce bruit et tous ces gens à ma table que je ne connaissais pas et qui riaient fort. Les enfants étaient là, au bord de l'étang, à jeter des cailloux et à se courir après. Je me suis allongé sur un banc et j'ai fumé une cigarette. D'ici on entendait la musique et les éclats de rire, les annonces au micro. La lune était à moitié vide.

J'ai entendu chanter, ils avaient changé les paroles d'un vieux tube de Michel Fugain pour raconter la belle histoire de Pierre et Claire, elle venait de son Ardèche et lui rêvait du Midi, elle était plutôt dans la dèche son compte à lui était bien garni. J'entendais les paroles et les éclats de rire, je ne voulais pas imaginer le visage de Claire et pas non plus penser que mon père n'était pas là pour voir sa fille se marier, je ne voulais pas penser à tout ça. J'ai fermé les yeux, c'était comme au bord de la rivière. J'entendais les cris des gamins, les cailloux qu'on jette et Claire était là dans les rochers, on fumait, je passais ma main dans ses cheveux elle s'endormait doucement, c'étaient des moments si calmes et si doux, tout s'apaisait, des moments si rares et si doux, mon cœur battait tranquille et mes yeux tranquilles et ma peau et mon corps tout entier tranquilles parmi les rochers et la main de Claire sur mon front et mes cheveux.

Je me suis éloigné, j'en pouvais plus de les entendre brailler, j'ai marché entre les immeubles, des types faisaient tourner des joints, ils écoutaient de la musique sur des transistors énormes. Plus loin c'étaient des pavillons, des maisons étroites aux tuiles orange, des maisons identiques, des rues comme partout, comme chez moi, des rues comme partout au bord des nationales et des voix ferrées, au pied des cités, des façades rouge brique, des squares décharnés, et il y avait cette odeur de mouillé et de fumée, de feuille et de brume. J'ai longé des jardins ouvriers des terrains vagues, je prenais toujours à droite, je me disais que je finirais forcément par revenir sur mes pas. Par les fenêtres on voyait des types dans leur fauteuil devant la télévision, ils regardaient le sport, les gamins étaient rentrés ils avaient joué jusqu'à la nuit, au ballon dans les flaques et ils s'éraflaient les genoux sur le béton. Les plus âgés étaient encore dehors et fumaient leurs clopes assis sur leurs mobylettes. Ils portaient des survêtements brillants et les cheveux ras et leurs boutons sur la gueule.

J'ai marché ça me faisait du bien, j'ai encore tourné à droite et j'ai fini par apercevoir l'étang et la tour qui surplombe, les lumières les guirlandes, par entendre la musique et les rires, les chansons. Je suis entré dans la salle et le type au micro s'est dirigé vers moi, il m'a demandé mon nom et qui j'étais et si j'étais partant pour un karaoké, j'ai cherché ma sœur du regard mais je ne voyais rien il y avait la lumière des projecteurs et mes yeux me brûlaient et le type a dit alors un petit discours pour votre sœur quand même vous avez bien quelque chose à nous dire sur elle, et ces cons attablés qui se sont mis à gueuler un discours un discours et la lumière et ce connard avec son micro, tout ça me rendait dingue vraiment ça me rendait dingue et j'ai hurlé « ta gueule putain tu vas fermer ta gueule ». J'ai hurlé ça, je n'en pouvais plus, je suis ressorti, je ne voulais plus les voir je ne voulais plus voir personne et même ma sœur je ne voulais plus la voir je ne voulais plus. J'ai marché vers la gare et je serrais les dents j'en avais perdu deux dans des combats, j'en avais perdu deux à la boxe. J'avais envie de chialer, de chialer comme un gosse, de dire papa, de dire maman, j'étais à bout de nerfs, j'étais dans un sale état, j'ai pris le RER, je sentais les trous et la colère, elle montait. J'ai marché dans la nuit dégueulasse et humide, Paris me dégoûtait tout à coup.

Dans la nuit sur la tour, les fenêtres allumées, ça faisait des rectangles de lumière jaune. J'ai pris les escaliers, à chaque étage on entendait la musique et les voix, le son des téléviseurs allumés. J'ai sonné et sa mère a ouvert. Elle a baragouiné je ne sais quoi, je n'ai pas écouté, je me suis dirigé vers la chambre de Su. Elle était allongée sur le lit, écoutait un disque en fumant une cigarette. Elle a sursauté et s'est jetée dans mes bras, j'ai aimé la tenir contre moi, blottie et minuscule. Derrière moi, j'ai entendu des cris et des bruits de porte. J'ai dit à Su de prendre ses affaires et de venir avec moi

– Elle n'ira nulle part. Toi tu te barres, si je te croise encore une fois je te casse la tête, c'est compris ?

Je me suis retourné, le frère de Su était là, il me fixait, posté dans l'encadrement de la porte. Il m'a demandé ce que je foutais là. J'ai pris Su par le bras, elle avait l'air terrorisé, j'ai avancé d'un pas, son frère n'a pas bougé, derrière son épaule ses parents étaient apeurés.

– Lâche-la connard. Lâche-la et tire-toi.

Il s'est avancé et nos visages se touchaient presque, je sentais son haleine, son souffle acide, sa peau sentait l'alcool. Il a tendu le bras et s'est mis à me serrer la gorge de toutes ses forces. J'ai lâché Su, j'avais horriblement mal, je ne respirais plus, je suis resté un temps à me demander ce qui m'arrivait, si j'allais perdre connaissance ou quoi. J'ai fini par réagir, je me suis débattu et je lui ai envoyé comme je pouvais un direct au foie, j'ai fermé les yeux j'ai hurlé et j'ai frappé. Il m'a lâché, il cherchait son souffle plié en deux, je suis sorti de la chambre, j'ai pris le couloir et alors je les ai vus, ils étaient cinq ou six, sûrement c'étaient les parents qui les avaient prévenus, deux d'entre eux avaient des battes de base-ball dans les mains, Su m'a crié de m'enfuir et j'ai couru vers le palier, je n'ai pas pris l'ascenseur, j'ai descendu les escaliers quatre à quatre, dix-sept étages, j'ai tout dévalé, j'entendais leurs cris, ils gueulaient, s'apostrophaient, hurlaient des trucs que je ne comprenais pas, leurs pas claquaient. J'ai croisé l'ascenseur qui montait vers eux.

En bas, ils m'attendaient, j'ai continué à courir, je ne les ai pas évités, je leur ai foncé dessus, j'ai chargé et un des types est tombé, son couteau était par terre, je me suis penché pour le ramasser, je me suis relevé et l'autre était sur moi, j'ai avancé le bras, je n'ai pas tremblé, la lame est entrée et le sang a giclé.

Je suis sorti de l'immeuble, je les ai entendus hurler, j'ai couru et ça glissait, je sentais la pluie qui traversait ma chemise, sur le parvis il n'y avait personne, je voyais les lumières rouges et vertes, les guirlandes et les vitrines allumées, je courais là-dedans, au bout de la dalle il y avait les voitures et les trottoirs, les gens dans les rues et tous ces restaurants. J'ai pris la grande avenue, elle descendait vers la gare, l'hôpital et la Seine, le ciel était d'un gris jaunâtre, parcouru de zébrures bleu acide.

III

Un endroit bancal où aller
(Christophe)

Le matin, la lumière est rasante et précise sur les villas et les rochers orange, les mimosas. L'air est encore frais et les hôtels endormis, les clubs fermés depuis peu.

Je cours le long de l'eau et c'est comme un miroir aux reflets innombrables, un miroir brisé et immense. Il y a du vent et les oliviers par-dessus le chemin penchent et frissonnent. Un instant, il faut quitter la côte, éviter la pointe sauvage aux sentiers escarpés. Les voitures sont rares et le ciel est traversé de lézardes roses.

Je cours face au soleil, dans les jardins fleurissent des gardénias, l'herbe sèche au pied des palmiers. Les collines sont plantées de chênes-lièges, jusqu'aux hauteurs où s'alignent des barres rocheuses aux couleurs changeantes. Je souffle et lorsque j'ouvre la bouche je sens siffler le vent entre mes gencives.

Je cours et devant moi s'étend la baie, croissant parfait de sable et d'eau. Sur la plage, des types lancent des bouts de bois à leurs chiens. C'est le matin, je suis en forme, je passe devant les immeubles et la mer, les boutiques fermées, le Casino, les snacks. Je n'ai pas dormi mais ça va, le boulot n'est pas crevant, les hôtels sont comme les morts, ils se gardent très bien tout seuls.

Cette nuit, Chef est venu me tenir compagnie, il fait ça de temps en temps. On joue au poker et Chef a toujours sur lui une bouteille de whisky. J'en bois modérément les veilles d'entraînement.

Il est très tôt, le café ouvre à peine, j'aime bien la terrasse, la corde bleue, l'avancée sur le sable. La serveuse me sourit, elle est presque rousse et son prénom est Juliette. Elle me demande si je ne préfère pas m'installer à l'intérieur, à cause du vent. Non je ne préfère pas. Elle disparaît et par les vitres du restaurant je la vois s'affairer au bar, le patron est à la caisse, il sifflote, chante même parfois sous le toit de bambous. Elle revient avec deux tasses, s'installe en face de moi et nous buvons ensemble tandis que le jour est tout à fait levé, tandis que le ciel et la mer sont des bleus qui se répondent, du turquoise aux teintes acidulées que prend l'eau par-dessus les bancs de sable au loin. Des mèches de ses cheveux volettent en tous sens et elle les ramène d'un geste de sa main derrière ses oreilles.

De la fenêtre de sa chambre, on voit les deux baies que sépare la pointe rocheuse. La nuit ce sont des milliers de points lumineux, près de l'eau où se reflètent les néons bleus et roses. Sa peau est douce et parsemée de son, nous fumons des joints sur la terrasse. Les nuits sont froides et sur le rebord des grandes fenêtres, nous fumons côte à côte, emmitouflés dans nos duvets, nos couvertures, nos bonnets, nos écharpes. Elle ne pose jamais de questions. Elle sait sans savoir et je suppose que c'est mieux ainsi. Elle aussi a fui Paris, pour une raison que j'ignore, elle a débarqué seule ici un jour de printemps, avec pour tout bagage un sac de sport. D'abord elle s'est cachée. La maison appartenait à sa grand-mère, la famille venait de plus en plus rarement, la clé était cachée sous l'arrosoir, elle s'en souvenait. Elle a fini par s'installer ici, ça ne gênait personne. Deux fois par an, sa grand-mère la rejoignait pour une dizaine de jours. C'était leur arrangement. Elle ne me dit rien, je tiens tout ça du patron de l'auberge. J'ai l'impression qu'ainsi, tous les deux, nous reprenons les choses de zéro et je l'embrasse dans la nuit profonde. Sa bouche a un goût différent et sa taille est plus large. Nous sommes neufs et lavés dans le vent de la nuit, sa langue fouille ma bouche et ma main dans son dos trace des cercles et des sinuosités. Du salon nous parvient la voix faible de Chet. *My funny Valentine* et nos mains se croisent. Je la regarde et soudain, son visage est un abri clair et tranquille.

Des clients sont arrivés, des Italiens, il y en a beaucoup à cette saison. Juliette s'est levée, j'aimais bien sa gentillesse et la douceur cassée de sa voix. Ils ont pris des chocolats chauds et les enfants sont allés jouer sur le sable. Elle m'a rapporté une bière blanche, je l'ai bue et le soleil m'éblouissait, chauffait la peau de mon visage malgré le froid. J'ai enfoui mes mains dans mes poches. À l'intérieur il y avait l'harmonica de mon père, je sentais la grille métallique et le bois sur le dessus.

Assis au bout de la digue, je pouvais voir le restaurant. Le soleil était caché et la mer grise et bleue, parcourue de remous qui la rendaient vivante et lumineuse. J'aimais bien cet endroit, l'eau éclaboussait mon visage et léchait mes chaussures trempées. J'ai longé l'eau encore un peu, puis je suis rentré prendre une douche. L'immeuble était un peu en retrait et crépis de jaune. Par la fenêtre j'apercevais la plage, abritée et couverte de goémons, la route qui filait vers Cannes serpentait en surplomb de l'eau des falaises rouges et trouées de calanques où, le dimanche, Juliette et moi passions l'après-midi. Elle venait me chercher et je montais dans sa petite automobile, on roulait sur la corniche, on descendait les escaliers de ciment. On restait là à écouter le roulement des cailloux, le lapement de l'eau qui s'échouait. Le soleil baissait doucement. Des gamins relevaient leurs pantalons et marchaient dans les vagues, un type enfilait sa combinaison puis disparaissait dans l'eau teintée d'émeraude. Au loin le ciel prenait des nuances citronnées et Juliette était blottie contre moi. Je lisais des vieux bouquins de poche qu'elle me refilait, elle les avait trouvés dans le buffet de la maison et les dévorait à la file, Fante, Carver, Brautigan, ce genre de choses, je lisais ça le dos contre la roche, on restait jusqu'à ce que le soleil se cache, plus longtemps s'il n'y avait pas de vent. Parfois on attendait que la nuit soit installée, le vacarme de la mer emplissait tout, je relevais sa jupe et j'aimais sentir son visage dans le creux de mon épaule.

Le gymnase était collé contre l'église. Il fallait prendre le bus pour s'y rendre. C'était surchauffé là-dedans, il n'y avait que des vieux, des grand-mères aux cheveux bleus, on les arrêtait devant les centres de thalasso, les grands-pères crachaient leurs poumons dans des mouchoirs en tissu marron. Je descendais au terminus, c'était bientôt Noël et la rue de la Gare était illuminée, les étoiles brillaient par grappes et même ici on pouvait entendre la mer, devenue à cette heure une étendue lisse et noire.

La salle était petite et les murs en ciment. Il y avait un seul ring, qui occupait le centre. Un type y faisait du *shadow boxing*. Les éclairages le pilonnaient. Chef était aux sacs avec deux gamins. Il avait dû perdre cinq ou six kilos depuis qu'il était ici, il avait l'air plus grand et comme rajeuni. Il s'était aussi rasé la tête et avait troqué son bonnet en laine contre un bob à motifs. Il a appelé un type au fond de la salle. Tu verras, c'est un nouveau, pas beaucoup de technique mais très rapide. Le type m'a serré la main et il est monté.

Au milieu du ring, malgré le peu de sommeil, je me sentais bien, le type était sacrément rapide mais j'ai pris sa mesure, mes jambes étaient vives, je sentais tout, à vrai dire ça faisait longtemps que je m'étais pas senti si bien.

J'étais crevé, la pizzeria donnait sur la mer et Chef vidait la bouteille de vacqueyras à lui tout seul. Marie lui faisait les gros yeux, les gamins avaient faim, ils voulaient des frites et pas de pizza. La serveuse a pris les commandes. Par les vitres je voyais sur l'eau des points mouvants et des lumières et ça m'absorbait, c'est fou comme ça m'absorbait la mer, la nuit et le jour, et comme ça m'emplissait, comme ça semblait suffire et m'ouvrir. Comme respirer devenait possible ici. Chef aussi avait l'air bien, un peu ailleurs, mais bien. Marie m'a demandé si j'avais des nouvelles de Su, je n'en avais pas, j'avais essayé de l'appeler quelquefois, toujours je tombais sur son père ou sur sa mère. Lors de son dernier voyage à Paris, Chef lui avait porté une lettre, il n'avait pu lui remettre en mains propres, elle ne l'avait sans doute jamais lue. Je préférais ne pas y penser, Marie a compris et on a changé de sujet. Puis elle est partie avec les enfants et Chef et moi on est restés un moment à traîner au bar. On descendait des Martini et l'air marin nous parvenait par la fenêtre entrouverte. Dehors il faisait un peu froid et on marchait lentement sur la promenade, sous la lune pleine et les étoiles comme des punaises. La mer était d'argent, Chef avait les yeux dans le vague, il est resté longtemps silencieux puis il m'a dit qu'il était content que je sois là, que j'étais un peu de la famille pour lui, enfin bref qu'il était content. Moi aussi, j'étais content d'être là, avec lui, sa femme et ses gosses.

J'ai pris le sentier qui montait entre les jardins, les maisons à piscines, la plupart étaient inoccupées, c'étaient des résidences secondaires ou des villas qu'on louait pour l'été. Celle de Juliette était tout en haut, le chemin était caillouteux et dans la nuit il fallait faire attention à ne pas se tordre les chevilles. Je me retournais de temps en temps pour contempler la baie. On voyait très loin ce soir, les lumières de Saint-Tropez étaient dorées et tremblaient. J'ai contourné la maison et sur la terrasse, les lumières étaient allumées pour personne. Il y avait des fleurs roses et mauves, quelques buissons de thym et des lauriers. J'ai poussé la porte, Juliette la laissait ouverte à mon attention, j'aimais qu'elle n'ait peur de rien, qu'elle ne s'enferme pas à double tour, seule dans sa maison là-haut, au-dessus de la baie.

Sur la table du salon, elle avait laissé un verre de whisky et dans la pénombre clignotaient des voyants lumineux. J'ai tiré le fauteuil à bascule, j'ai bu devant la fenêtre, allumé une cigarette, Billie Holiday chantait, je sentais le sommeil me gagner. J'ai dû dormir une heure ou deux. Le silence était parfait et en me concentrant un peu je pouvais percevoir la respiration profonde de Juliette qui dormait dans la chambre. J'ai ôté mes vêtements et je me suis glissé sous les draps. Elle était allongée sur le flan, je me suis collé contre elle, ma queue se logeait dans la raie de ses fesses, elle a poussé un grognement parce que mon corps était froid. J'ai embrassé sa nuque et elle s'est retournée, sa bouche était chaude et son haleine exhalait un parfum de miel et de tabac.

Ce matin, Claire a appelé, elle semblait inquiète, voulait savoir ce que je faisais, comment j'allais. J'ai eu envie de lui dire que la distance, la fuite, tout ça ne changeait rien, que de toute manière j'étais loin d'elle, qu'elle était loin de moi, que c'était fini, au fond, entre nous. Je lui ai juste dit « Je t'embrasse, petite sœur », elle a répondu « Sois prudent, frangin » et ce fut à peu près tout. Je ne sais pas pourquoi j'y repense, ça n'en vaut pas la peine.

J'ai bu une gorgée de vodka, allumé un cigarillo et me suis replongé dans mon livre, un roman de Jim Harrison qu'un client avait oublié au bar. Un couple est entré, ils me regardaient à peine, occupés à se toucher autant que possible, à tourner leurs langues au creux de leurs bouches ouvertes et collées. La fille était blonde et sa robe ultracourte et moulante, blanche et synthétique trahissait un corps parfait, des seins refaits. Ses lèvres étaient énormes, outrageusement maquillées, sa peau dorée, on devinait qu'elle portait un string qui fendait en deux son cul haut perché. Le type n'en finissait pas de la palper, ses seins notamment et ses mains ont disparu sous le tissu puis sous le slip, la fille s'est mise à respirer plus fort et tandis qu'elle commençait à gémir, lui me regardait droit dans les yeux. Je lui ai tendu sa clef. Il m'a demandé si je bandais, j'ai dit oui. Il a pris le trousseau et a entraîné la fille vers les escaliers.

Je n'avais plus rien à boire, j'ai sorti d'un minibar de petites bouteilles de J & B, c'était dégueulasse, ça m'attaquait les boyaux, j'avais l'impression de boire du désinfectant. Il y avait seulement six chambres occupées, on n'entendait rien, ils devaient mâter le câble ou le satellite, je n'en verrais pas un avant l'aube. Certains descendraient prendre leur petit déjeuner. Ils mâcheraient bruyamment, penchés sur leurs plateaux à fleurs et fixant le téléviseur suspendu.

Je me suis installé dans une banquette au tissu bariolé et pastel. Un homme est descendu du quatrième, la chambre avec vue sur la mer, il a demandé s'il y avait quelque chose à boire, je lui ai proposé de partager mon butin. Je suis entré dans la chambre 1, celle que personne ne prend jamais, en rez-de-chaussée avec vue sur le parking, et j'ai pris le verre à dents dans la salle de bains minuscule. Affalé sur la banquette le type reniflait. J'ai rempli son verre, il a grimacé en buvant sa première gorgée, je l'ai regardé il portait un costume gris et son bide tirait sa chemise. Il venait de s'engueuler avec sa fille. C'était la première fois qu'ils partaient en vacances tous les deux, elle avait quatorze ans, il avait l'impression d'être un étranger pour elle. J'ai hoché la tête et je l'ai laissé parler tout seul.

Je suis rentré au matin, la plage était blanche et la lumière de décembre précise.

Quand je suis arrivé, la porte de l'appartement était ouverte, je l'ai poussée et à l'intérieur c'était un sacré bordel. Ils avaient fouillé tous les placards, ouvert ma valise, il y avait des photos par terre.

Je me suis approché de la fenêtre. Sur le trottoir d'en face, le fourgon bleu était garé. À droite, la route avait été barrée. Des types en uniforme communiquaient par talkie-walkie.

Ils n'y allaient pas de main morte, j'ai pensé.

Un des types m'a pointé du doigt.

J'ai fait signe que je descendais.

Remerciements

Olivier Chaudenson, pour le titre et le reste, Alix Penent pour sa présence et ses conseils, à tous deux pour leur patience et leur amitié.

Arnaud Cathrine et Eric Holder pour m'avoir accompagné à l'ouest (qu'ils sachent ici combien leur soutien et leur enthousiasme m'ont aidé).

Olivier Cohen et Laurence Renouf pour la justesse et l'exigence de leur lecture.

Les propriétaires des maisons de passage.

Dans la même collection

Jakuta ALIKAVAZOVIC
Le Londres-Louxor

Nathacha APPANAH
Le dernier frère

Aharon APPELFELD
Histoire d'une vie

John BERGER
King

Geneviève BRISAC
Petite

Raymond CARVER
Les Vitamines du bonheur
Neuf histoires et un poème

Agnès DESARTHE
Mangez-moi
Le Remplaçant

Jean-Paul DUBOIS
Si ce livre pouvait me rapprocher de toi

Jeffrey EUGENIDES
Middlessex
Virgin Suicides

Anne FINE
Vieille menteuse

Jonathan Safran FOER
Tout est illuminé

Richard FORD
Indépendance

Jonathan FRANZEN
Freedom

Lauren GROFF
Arcadia

Damon GALGUT
Un docteur irréprochable

Cormac MCCARTHY
Méridien de sang
Le Gardien du verger

Jay MCINERNEY
Trente ans et des poussières

Claude MCKAY
Banjo

David MITCHELL
Écrits fantômes

Alice MUNRO
Trop de bonheur

John O'HARA
Rendez-vous à Samarra

Stewart O'NAN
Un mal qui répand la terreur

Véronique OVALDÉ
La Grâce des brigands

Cynthia OZICK
La Galaxie cannibale

Maurice PIALAT
Nous ne vieillirons pas ensemble

James Salter
Un sport et un passe-temps

David Schickler
Comédie new-yorkaise

Florence Seyvos
Le Garçon incassable

Rebecca Solnit
L'Art de marcher

David Thomas
La Patience des buffles sous la pluie

Melanie Rae Thon
Iona Moon

Justin Torres
Vie animale

David Foster Wallace
C'est de l'eau

Valérie Zenatti
En retard pour la guerre

RÉALISATION : NORD COMPO À VILLENEUVE-D'ASCQ
ACHEVÉ D'IMPRIMER SUR ROTO-PAGE
PAR L'IMPRIMERIE FLOCH À MAYENNE
DÉPÔT LÉGAL : OCTOBRE 2024. N° 2209 (105313)
IMPRIMÉ EN FRANCE